诗歌选集

客都风情

黄育培 / 著

陕西新华出版传媒集团
太白文艺出版社

图书在版编目（CIP）数据

客都风情／黄育培著．--西安：太白文艺出版社，2023.1
ISBN 978-7-5513-2288-1

Ⅰ.①客… Ⅱ.①黄… Ⅲ.①诗集-中国-当代 Ⅳ.①I227

中国版本图书馆CIP数据核字（2022）第237509号

客都风情
KEDU FENGQING

作　　者	黄育培
责任编辑	曹　甜
封面设计	书香力扬
版式设计	书香力扬
出版发行	陕西新华出版传媒集团 太 白 文 艺 出 版 社
经　　销	新华书店
印　　刷	成都兴怡包装装潢有限公司
开　　本	880mm×1230mm　1/32
字　　数	90千字
印　　张	7
版　　次	2023年1月第1版
印　　次	2023年1月第1次印刷
书　　号	ISBN 978-7-5513-2288-1
定　　价	52.00元

版权所有　翻印必究
如有印装质量问题，可寄出版社印制部调换
联系电话：029-81206800
出版社地址：西安市曲江新区登高路1388号（邮编：710061）
营销中心电话：029-87277748　029-87217872

诗歌·快乐的源泉

——诗歌选集《客都风情》自序

诗歌来自生活，反映社会生活。诗歌是一种抒情言志、凝练生动、意境深远、具有节奏和韵律的文学体裁。诗歌是文学长河闪亮的明灯，内容广泛，形式多样。诗歌是慰藉心灵的快乐源泉，是人们喜闻乐见的文学艺术形式。

乡村振兴、科技创新的新时代已经到来。新时代，新征程，人们对文艺的发展必然充满期待。于是，《客都风情》收集了现代诗、民歌百余首，展现了笔者从乡村到城市、从苦难走向美好生活的独特视角与情怀。书中现代诗意境优美、感情丰富、韵味悠然，客家风情浓郁，而且穿插着笔者的人生感悟、曾经为人师表的经历，以及客家爱恋乃至私密感情的描写。民歌被称为民间文艺之魂，本书收录的民歌包含新山歌、童谣等。组稿期间的2021年仲夏，笔者偶见中国散文网与华夏博学国际文化交流中心举办的"第八届中外诗歌、散文邀请赛"，不经意地将乡村振兴题材诗稿《红梅姑娘》《双喜临门》作为试水投稿，没想到两首皆入选"当代精美诗歌"并结集出版，《红梅姑娘》居然荣获一等奖。

书中数个作品曾为作曲家谱曲成歌,作为音乐作品参加省、市级大赛并获奖。从乡村到城市的迁徙途中,部分作品遗失未能收录。如今成册,选集是也!

一

千年前,由于史上著名的中原大迁徙,汉民族的许多士大夫带领族人向南而来,中原文化融合了原乡风俗文化,形成了客家文化。客家人依山傍水建立村庄,定居以后,由于长期的封建社会环境及意识,以耕读生活为主,也有人寻求仕途、经商或再迁徙。在艰难的生活中,诗歌便成了人们的心灵慰藉和快乐源泉。民歌贴近生活,简朴生动,不同于格律诗的严格。长期以来,民歌是客家民间文艺的主要形式之一。

劳动产生民歌,演化为各种诗歌。其实,民歌为男女爱恋的含蓄表达,为劳作之余的情趣宣泄,为庆祝节日、锦上添花的城乡娱乐,为孩子们耳濡目染以致能朗朗上口的启蒙教育。客家民歌可读可唱,有山歌、小调、童谣、竹板说唱等表演形式,随着社会进步甚至发展成大型山歌剧,被搬上舞台和荧屏。一直以来,优秀民歌为人们喜闻乐见,代代相传,古为今用,创新发展。

大迁徙以来,客家人开辟山区田园建立村庄,过着自供自给的耕读生活。客家民歌是客家文化的代表之一,可以抚慰心灵,表达爱恋。客家山歌是民歌的一种,曾被专家学者称为"中原文化的活化石"。这些每首四句、每句七字的民歌带着古代《诗经》的叙述、双关、比喻等技巧,带着含蓄幽默的生活气息,带着深厚的人间感情，因此得以流传和发展。此后，客家民歌出现数节组成一题之作，成为更加适合人们阅读或谱曲演唱、适合艺人说唱的叙事作品。

客家人定居以后，或以读书为荣追求仕途，或出门经商、外出教书，甚至漂洋过海去谋生。他们带着迁徙意识背井离乡，而一般会留一两个孩子给父母，然后夫妻双双出门，逢年过节便寄钱财衣物回家。因此，客家地区出了许多华侨，成为华侨之乡。这样的情形一直延续到新中国成立之初，而我是当年最小的留守儿童。

20世纪50年代，我跟随祖母及邻村的外祖父母艰难地生活。我一开始跟在祖母身边，按照传统风俗，母亲将我过继给外祖父母。我两边住，外婆视我如掌上明珠。祖母家三口，还有个比我大两岁的堂兄。那时期，社会经济文化非常落后，人们缺衣少食。孩子们衣衫褴褛、饥肠辘辘，就去摸鱼虾、掏鸟窝，上山一边拾柴草，一边摘野果，唱着童谣，笑语阵阵。

那时期，乡村缺少娱乐项目，城里的电影队一年才来四次，山歌剧或汉剧团一年才来一次。但是，过年时，村里会组织一场以山歌小戏、民歌歌舞为主的文艺晚会。那时期，客家童谣依然是孩子们最熟悉的文艺形式，寓教于乐，老少同乐。每当听到孩子们又念又唱《月光光》《蟾蜍罗》的时候，我依然会回想起自己的童年。对于离乡外出的游子，民歌更成了他们心中永远的乡愁。

梅州是优秀的文化之乡、山歌之乡、华侨之乡。1995年，中央人民广播电台曾经播出我的征文稿《我心中的客家山歌》。文中讲述了我的童年，讲述了我家乡的客家山歌。据说，许多的海外华侨都听到了,因为乡愁,许多人带着孩子回国旅游观光。民歌牵动着乡愁,爱国怀乡,代代相传。

二

中国诗歌从古代的诗词歌赋一路走来,到了20世纪上半叶,受国外诗歌的影响,发展成了自由体的现代诗。其特点是取材随意、意境优美,句式、段落、韵脚不拘一格。优秀现代诗适合朗诵,适合长篇叙事或独立成书。

现代诗的韵律相对自由,因而回环往复、节奏感人。但是,不知何故,我所读的中学、大学课程中的自由诗范文均有韵脚,数行放韵或是一题多韵,荡气回肠,朗朗上口。而今有的现代诗却是没有韵脚,仿若把短散文分成一句一行的样式,且省略了标点符号;虽然意境清晰,但无韵脚就似读短文,缺乏韵味而总觉得不那么顺畅,就是散文诗也是有韵脚的呀!

工作之余,我偶尔写一些现代诗。虽然注重用韵,但也常常用了客家音韵。我早在文艺奇缺的"文革"时期就开始写现代诗。1971年秋,我因发表诗歌作品,被召到城里开创作会。会议开始,梅县文化局某局长在介绍新重点作者时,第一个叫我站起来,介绍说:"他的民歌、现代诗写得很好,今年秋季的《梅县文艺》,刊登了他描写农村水电站建设的现代诗《响水寨》。"此情此景让我牢记终生,"飞流鸣深谷,青松立悬崖"的诗句也常挂在我心头。

1987年秋,我终于来到梅县梅兴中学任教。我一边教书,一边读书,一边种田,一边写作。因为时间紧迫,我一般只写诗歌，保存下来的几首收录在《校园春秋》里。为幼师班毕业学生即时题写纪念诗时，我才华初露，轰动了山村中学。那个中午，一群即将离校的幼师专业的女生，拿着毕业纪念本，在我宿舍窗口排队，等着我为她们题写纪念短诗。每完成一首，都引来一阵欢笑声。而我唯一的笔记本，给了文艺晚会的助手钟艳芳同学，当时创作的那首《告别》便收录在这本书里。

我从企业退休却是退而不休，成了家乡的作协主席。省作协组织的采风其实是对文学作品的检阅。我参加了两次广东作协的采风，诗文作品居然都被选中了：第一次是省作协采风团走进梅州，我的诗歌《美丽乡村大埔行》《在松口移民广场流连》《走进平远相思谷》等，出现在省作协《新世纪文坛》及本地刊物上；第二次是我的长篇小说出版以后，省作协邀请我粤北采风，作业是一篇散文和两首现代诗，省作协选登了我的散文。接着，粤北方面将采风作品选集成书，我的散文诗歌全被选中。这些诗作也均收录在本书里。

有些反映独特经历的作品，或饱含着痛苦和忧伤，或带着心灵的慰藉，或记载着刻骨铭心的真情故事，隐藏着难以言传的感情私密。唯愿让读者泡茶、旅游、闲暇或寂寞之时想象、共鸣、受启迪而已！

三

民歌是世界性的，世界各民族各有风格独特的民歌。中国56个民族也有各种风格的民歌。据载，2008年奥运会时，中国送给参会的外国元首唯一的礼品，是著名歌手雷佳演唱的中国民歌。

这是56首各民族精选的精美民歌影碟。

据传，有的元首回去以后将之当作宝贝，看了又看。

客家民歌继承了古代《诗经》的描述、双关、比拟等含蓄手法，继承了《竹枝词》贴心的感情抒发，从古诗、古民歌演化而来，从劳动人民随口直抒胸臆发展到乡村节日烘托喜庆氛围的文艺形式，流传至今。21世纪以来，民歌文字作品频频出现在本地报刊，同时，民歌演唱、山歌剧作品亦常常出现在电视、网络、舞台，因而进一步促进了客家民歌的创新发展。

然而，在央视音乐台的著名栏目《民歌中国》里，客家民歌却甚少被提及，是作品、演唱的问题还是其他？我们不得而知。但是，据悉，有个叫作郑小瑛的音乐名家，把福建客家山歌《你有心来我有情》编入中国交响诗篇《土楼回响》的第五章，推向了世界各国，在德国演出时由外国朋友们用客家话合唱，惊艳了世界。

近年来，梅州民歌新秀也曾有几次出现在央视综艺栏目，或出现在广东电视台文艺节目，甚至出现在国外的舞台上。但是，他们的演唱风格虽经过创新发展令人耳目一新，歌词却文学性不足。但愿人们能领会优秀民歌歌词的文学性，领会歌词在民歌歌曲作品中的重要性，同时让优秀民歌歌曲体现在综合性的制作上。

优秀民歌可读，可吟，可唱。而成为歌曲作品则需由音乐家谱曲、歌手演唱及投资制作等，然后推广流传。可见，民歌歌词、谱曲、演唱融合，打造作品，走向社会，是多么难能可贵啊，而现代社会生活确实非常需要优秀民歌。

本书民歌作品曾6次获邀参加比赛，皆荣获省、市级奖项。

其中，《村里有条清水河》《我家住在梅江边》《望见阿妹在花丛》《月儿弯钩钩》均收录在本书里。2019年9月29日，童谣《美丽乡村是我家》由梅县区程江镇中心小学老师谱曲、小朋友演唱，参加了庆祝新中国成立70周年的岭南童谣节大赛，荣获特等奖。以上民歌歌曲也曾在本地电台或电视台播放，其中《望见阿妹在花丛》成了梅江区文化馆的文艺节目之一。

其实，我期待着本书的作品有机遇谱曲问世，如《一片乡愁在梦里》《采茶阿妹》《红梅姑娘》《梅江景色醉游人》，以及客家情歌《我在乡村遇见你》《萱草花》《情人湖畔》《桂花树下约情郎》《相约中秋人未归》等，期盼着音乐制作人或有识之士的青睐与合作。

四

我的文学之路其实是从民歌开始的，因为从小父母远走国外谋生，也因为我这代人童年艰难。夜晚家里照明只有小煤油灯，为了节省，祖母把灯芯的火光挑成蓝色，萤火虫似的。祖母教我中草药知识，也讲一些民间故事，或念一些乡村歌谣。我的外婆是娘家在梅城老百花洲的大家闺秀，她教我念的民歌带着城里气息，独具时代性。没想到这些民歌像野草一样长到我心里来，郁郁葱葱的，伴随了我的一生。

因受传统熏陶，在小学四年级的儿童节，我韵味十足的民歌作品《春天来了》便出现在墙报上，惊艳了全校师生，让我忘了饥肠辘辘，终生记忆犹新。

在20世纪"文革"中期，文艺极度萧条。但是，那时梅县的文艺创作异常活跃，为全国之先进文化典型，其主打的就是民歌歌舞和山歌演唱。有人评论说我的民歌作品带着优美的意境，带着客家山歌的情调，带着《竹枝词》的韵味。而且，曾经有数位文友分别告诉我，说因被我发表在报刊的民歌感动而进行了剪贴。

2015年10月，我的长篇小说《客家寻梦》在广东花城出版社出版，整部作品穿插了几十首民歌，许多的读者朋友甚为喜欢。因此，我将其中的一部分民歌作品也收录到本书来。

但愿本书能为新时代城乡发展推波助澜，为人们旅游休闲增添情趣，为青年一代带来文艺熏陶的乐趣。不足之处，盼诸君海涵。

谨此，以为自序。

黄育培写于梅城

2021年9月23日

目录 Contents

第一辑　现代诗选

乡情似水

风情如梦	002
双喜临门	004
客都人家	006
红梅姑娘	008
穿过那个村庄	010
春游麓湖山	012
村主任的女儿马娜娜	014
乡村的夏夜	016
广东作协采风团走进梅州（组诗）	018
广东作家始兴采风行（外一首）	021
秋游南澳岛（组诗）	025
探寻中国大陆最南端的海丝足迹（组诗）	030
妈妈没回来	036
花园偶遇长相忆	039

偶　意 …………………………………………… 041
仙家赴会 ………………………………………… 043
夜　读 …………………………………………… 044
相知如梦 ………………………………………… 046
重返山村 ………………………………………… 048
梦回山村 ………………………………………… 050
母亲河情思 ……………………………………… 052
放牛娃的口哨音乐梦 …………………………… 055
客家的秋节 ……………………………………… 057
中秋之夜 ………………………………………… 059
梦里老家 ………………………………………… 061
梅花心事 ………………………………………… 063
清明·桃尧采风 ………………………………… 065
"架上金盆"的赞歌 …………………………… 067
厦门的诱惑 ……………………………………… 069

校园春秋

校园里的春雨 …………………………………… 071
批阅《你的眼神》 ……………………………… 073
告　别 …………………………………………… 074
女"警长"的鞋声 ……………………………… 076
但愿人长久 ……………………………………… 078
李老师的奖赏 …………………………………… 080
丝丝雨 …………………………………………… 082

第二辑　客家民歌

民歌悠悠

一片乡愁在梦里	086
程江平原花盛开	088
美丽乡村大埔行	089
家乡雨季	091
村里有条清水河	093
山村红梅	094
采茶阿妹	095
清风荡漾亲水堤	097
梅花山上唱山歌	099
梅江两岸百花香	100
我家住在梅江边	102
难忘乡下那口塘	104
松口处处山歌台	106
松口古镇水悠悠	107
客都盛会	109
江畔飞歌到天涯	111
金柚花开十里香	112
推开一扇客家的门	113
亲水湾里桂花开	114

客家情歌

我在乡村遇见你 …………………………………… 115

望见阿妹在花丛 …………………………………… 117

桂花树下约情郎 …………………………………… 119

萱草花 ……………………………………………… 121

情人湖畔 …………………………………………… 123

相约中秋人未归 …………………………………… 125

不知阿郎在何方 …………………………………… 126

山村恋歌（叙事山歌）…………………………… 127

茶山恋歌（叙事山歌）…………………………… 129

我在侨乡等你来 …………………………………… 131

阿妹今日会情郎 …………………………………… 133

小河岸边对山歌 …………………………………… 135

牵条牛牯过岭排 …………………………………… 137

相思桥畔风拂柳 …………………………………… 139

客家寻梦歌成河 …………………………………… 141

春思（两题）……………………………………… 143

清明·美人梅 ……………………………………… 145

登领奖台（外一首）……………………………… 146

童心无界

美丽乡村是我家 …………………………………… 148

山村童谣（三题）………………………………… 149

留守悄悄话 ………………………………………… 151

摘当梨	153
客家童谣（二题）	155
乡村童谣（二题）	156
文明城市清风吹	157
月儿弯钩钩	158
梅州少年足球梦	159
足球场上争高峰	160
萱草花·母亲花	162
红领巾·红彤彤	163
梅江景色醉游人	165
阿鹊子，闹喳喳	167
雁鹅飞过七贤山	168

采风风采

抒写美丽·演绎童真	169
铜箔之都·山中金凤	170
文化结缘·游子情深	171
古城新貌闹元宵	172
林下经济·采风	173
相思谷·采风	174
松口中秋·采风	175
丹溪·寻源	176
程江水·母亲河	178
诗意·侨乡	179
松口古镇·采风	181

蕉岭名人故里采风 …………………………………………… 183

惊艳·旗袍 …………………………………………………… 185

城乡·采风 …………………………………………………… 187

平凡庐·采风 ………………………………………………… 189

长寿梅州·采风 ……………………………………………… 190

石扇·山里人家 ……………………………………………… 191

石扇·罗芳伯故居 …………………………………………… 192

文艺交流　共谋发展 ………………………………………… 193

文学·作家·连心桥 ………………………………………… 194

附　录

我的"诗与远方" ……………………………………………… 195

童真童趣　寓教于乐 ………………………………………… 199

后　记 …………………………………………… 201

第一辑

现代诗选

乡情似水

风情如梦

是谁描绘了这般脉脉情浓？
是谁描绘了这般风情万种？
客家蓝天白云青山绿水，
让人流连生态城市百花丛。

梅江边琼楼玉宇如梦中，
亲水园林雕栏绿柳花正红。
健身绿道月桂飘香笑语一路，
花园广场歌舞悠悠情意浓。

梅花山下九龙戏珠水生风，
东山夕照清风绿叶舞花红。
佳人相约漫步浮桥游船去，
情歌意境里迷人月色正朦胧。

神奇客家演绎脉脉情浓，
梅江两岸这般风情如梦。
古老文明啊悄然走进新时代，
童话般的灵气飘荡在梦中……

注：①客家大迁徙后客家人遍布世界，梅州成为世界客都。梅城是历史文化名城，21世纪以来城市扩展了十几倍，成为四季鲜花盛开、宜居宜业的"世界长寿之都"、生态旅游城市。②本诗荣获中国散文网2022年"最美中国"当代诗歌散文大赛一等奖，同时，与另两首现代诗《春游麓湖山》《客都人家》编入《"最美中国"当代诗歌散文精品集》一书。

双喜临门

昨夜秋雨带来了秋凉,
门前月桂弥漫着清香。
四面青葱风中曼舞,
小河清流低声吟唱。
李睿与父母在三轮车上,
早市卖菜回到了瓦屋旁。

门坪里一阵小车喇叭响,
这是驻村书记离任最后一岗。
他拿着金色牌匾满脸笑,
"种养致富"啊闪着光芒。
李睿父亲握着书记的手,
顿时激动得热泪盈眶。
脱贫攻坚岁月仍历历在目,
科学种养日子已无限风光。

村人闻讯道贺喜气洋洋，
忽然又是小车喇叭响。
公务车里走出破天荒的贵客，
为首者拿着大信封庄重慈祥。
李睿赶快上前敬礼握手，
这是清华校长送通知来到村庄！
山村考出全国顶尖高分学子，
李睿父母又惊又喜满面红光。

校长让李睿拆开通知书，
同行记者拍照为其增光。
屋内走出爷爷奶奶和小妹，
校长招呼老小一齐照个相。
小妹突然拉住校长喊：
"我也要上名校学堂！"
惹得众人掌声如雷那么热烈，
双喜临门啊笑声在山村飞扬……

注：本诗与《红梅姑娘》参加了2021年中国散文网举办的"第八届中外诗歌散文邀请赛"，同时入选"当代精美诗歌"，被编入《中外诗歌散文精品集（2021）》。

客都人家

梅江与石窟河交汇千年,
等来了新世纪客都人家。
客乡街市盛大开业打破沉默,
盛景重现《清明上河图》名画。

古街上走来汉服俊男靓女,
锣鼓唢呐里谁家新娘出嫁?
街头店家吆喝特产美食,
小船对歌演绎画楼舞台探花。
客乡老街火树银花不夜城,
古朴浪漫媲美了现代繁华。

先贤堂从江西抚州整体搬来,
清代名士风采穿越这里安家!
街景仿若汉唐盛世重现,
桥上远眺却窥见小城现代芳华。

旋转剧场上演《原乡》气势磅礴，
现代科技助力艺术又创新高度。

客都盛事似乎没有冬季，
游人披着大衣沐浴清风吹颊。
诗意悠悠一轮明月照千古，
箫声若隐若现啊秦娥明月下……

注：2020年12月25日"世界长寿之都"授牌暨"客都人家"开街，梅江与石窟河交汇处（即梅县区丙村镇与雁洋镇交界处），游人惊叹出现古代盛象与现代繁华相交融的文化旅游小城。

红梅姑娘

村里有个红梅姑娘,
大学生村主任施展特长。
她站在村头山岗上,
集约耕种蓝图如花绽放。
泉水淙淙唱着新曲,
农耕大路啊环绕村庄。

村里有个红梅姑娘,
城里开会回到了村庄。
她走在村中田野上,
无人机嗡嗡然为她伴唱。
亩产千斤稻谷大丰收,
茶香果甜啊鱼跃池塘。

村里有个红梅姑娘,
带头打造新时代新农庄。

她月夜小河畔唱歌,
男女老少纷纷前来对唱。
文体广场夜里一片热闹,
农家书屋里灯光明亮。

聪明美丽的红梅姑娘,
网上买卖啊普及四方。
线上销售样样走俏,
网约车来来往往穿梭村庄。
富了村庄啊乐了农户,
古老村落变成美丽模样!

注:本诗参加了2021年中国散文网举办的"第八届中外诗歌散文邀请赛",荣获一等奖。

穿过那个村庄

戴着帽子,背着行囊,
我穿过那个静静的客家村庄。
调研新型水稻山村主任务,
四月芳菲里淡淡的稻花香。

我走在小河古老的石桥上,
微风吹来清甜的桃李水果香。
岸边园林篱笆下家鸡觅食,
一条黑狗守护在小木屋旁。

来到围龙古屋村委会探访,
门联灯谜闪耀着智慧光芒。
阁楼里走出小阿妹招呼我品茶,
恰似天仙下凡啊靓丽模样!

从此周末我驱车离城到村庄,

为小阿妹竞选大学生村干部捧场。
围龙屋内农科讲座我当主角,
无人机嗡嗡巡田为我把情歌唱。
农家清泉绕屋池鱼跃水面,
阿妹呀!但愿比翼双飞龙呈祥……

春游麓湖山

春风浓妆艳抹了麓湖山,
山路香风九曲十八弯。
遥看山洼一湖碧水,
倒映蓝天白云与鲜花笑脸。

九曲花街杜鹃红艳艳,
湖岸边招手的阿妹映红了脸。
穿越浮桥啊拐弯而去,
疑似仙子飘然来自九天。

山那边碧草起伏延绵,
高尔夫球场气势叫人感叹。
优雅美人啊微笑服务,
大叔神采奕奕豪迈挥杆。

最是微雨燕飞三月天,

杏花雨飘飘洒洒落在眼前。
阿妹收起红伞花丛浅笑，
你的花仙子是否降临人间？

村主任的女儿马娜娜

村主任的女儿啊马娜娜,
护理专科毕业回到家。
那年救起落水的高中同学,
自己却成了跛脚的美娇娃。
如今村里办起了保健站,
她只把村人的健康来牵挂。

马娜娜的同学是罗拉拉,
他生在祖传的中医世家。
因为马娜娜啊考上医学院,
发誓要治好心中的美娇娃。
如今医学博士毕业回到乡村,
欲将村民的健康都揽下。

从此不管刮风和下雨,
村里人健康交给娜娜和拉拉。

人们惊奇马娜娜不再跛脚,
娇娃不再是残缺的花。
但见月下一对舞伴行云流水,
带动着乡亲健身笑靥如花。

啊!村主任的女儿马娜娜,
她是这山村里最美的花。
娜娜和拉拉成了一对金凤凰,
山村金凤的歌声啊绕千家……

乡村的夏夜

回首山村淳朴的乡村夏夜,
是少男少女暑假的天堂。
玩水后走到小河石墩桥上,
南风习习啊歌谣伴着野花香。

繁星闪烁处七星伴月,
流星划过一道道亮光。
诉说着七仙女嫦娥的故事,
刘三姐的歌在夏夜里嘹亮。
两岸绿竹婆娑摇曳星月,
小路上流萤忽闪如星星明亮。

观天讲故事痴痴想象,
小河和着欢声笑语低吟浅唱。
稻香草香蛙声虫鸣闹盛夏,
远远的拖拉机乘夜凉赶田庄。

"二妹子!回来读书啦!"
她妈妈又在门口呼声悠长。
二妹赶快拉着弟弟回去,
这蛮牛却笑着跳进水里贪凉。

回想那时的山村美好时光,
心头又现一幕幕夏天景象。
如今古老的乡村容貌靓丽转换,
小河清流却仍在心头流荡……

广东作协采风团走进梅州(组诗)①

在中国国际移民广场流连

松山苍苍,江水泱泱,
我在移民广场上②徜徉。
这里曾是远走南洋的出发地,
这里曾是妻离子别的洒泪场。
纪念馆里陈列着多少往事?
如今却在演绎新世纪梦想!

孩提时我跟随祖母留守山村,
因为父母国外谋生远走他乡。
那年几未谋面的母亲归来,
曾特意寻找码头探望梅江。
她说,曾从梅江桥下松口,
她说,曾步步回头百般彷徨。

多少人曾从这里漂零国外,
多少人成了华侨背井离乡?
历史的辛酸啊不曾忘却,
阵阵情结是永远的惆怅!
我想起父母远走的留守岁月,
又想起海上丝路的商贸盛况。

在联合国竖立的碑前流连,
我思潮翻卷千般遐想。
历史长河记录着华侨与东南亚,
祖国崛起让心中筑起铁壁铜墙。
"一带一路"新规划啊,
客家能否再借松口远航?

走进平远相思谷

走过谷口座座木屋,
走进了神奇美丽的相思谷。
芳草萋萋,莺飞燕舞,
两面高山,林木森森。
小道清溪蜿蜒前行,
风穿瀑布鱼跃雀步。

山崖清泉石上流,
山腰飞流可是天仙神布?

湖边聚拢的碧绿姿色，
拥抱着游人脚步。
云雾缥缈，何方神圣？
仙翁与仙子啊笑语处处。

山谷深处有人家，
瓦屋镶在翠绿处。
深谷鸟语，鸡鸣狗吠，
紫薯飘香茶若甘露。
大叔与阿妹对手打糍粑，
娘酒配美食啊长寿是福！

走进平远相思谷，
客家神韵醉人无数。
一声噢嗨，山歌缭绕，
最是小阿妹才情初露。
拾得几颗相思红豆，
记录在人生长河深处！

注：①2015年夏，广东作协采风团走进梅州大埔县、梅县区松口镇、平远县。作者参加采风并将作品《走进平远相思谷》《美丽乡村大埔行》及泰安楼照片发表于广东作协《新世纪文坛》（现改为《广东文坛》）。②梅州市梅县区松口镇为千年古镇，是新中国成立以前客家人走向东南亚各国的港口，是著名的华侨之乡、山歌之乡。联合国在松口设立了中国国际移民纪念广场。

广东作家始兴采风行（外一首）
——随广东作协采风团走进粤北客家①

走进始兴，梅雨相伴风雨同舟，
才男才女初相见，笑语一路！
古村落大围楼②仍在回望中原大迁徙，
翠绿的乡村却似水墨图……

您看，那生死恋"榕抱樟"古树，
却上演了"荣抱张"嬉笑同途。
啊，偶有惊艳瞬间何等生动！
回首撞进诗情画意叫人无法移目——
两位佼人手牵手优雅走过独木桥，
移步，移步，踏入凡间仙路！

您看，刀背根古榕寄生海棠，
靓丽的红花儿啊诱人无数！
美女作家情思一瓣留下靓影，
纯情的微笑让人不敢嫉妒。
又见苗族女作家演绎古树风情，

阿妹啊是否羡慕明星之路？

您看，那是张九龄③所栽桂树，
古道边，枝繁叶茂香飘四周。
是否想沾沾人杰地灵的人才文脉？
拍下独领风骚啊拍下才女攀桂树！
啊！走唐朝古道惹来徐徐南风，
九龄清泉上空忽然雨天白昼……

数天里笑语一路风雨同舟，
最是采摘杨梅时记录人生缘分深处。
牢记车八岭小河淌水低吟浅唱，
一个个涟漪至今仍荡漾在心湖……

车八岭，人与自然和谐最美

物种宝库④车八岭罕见大美，
动植物千奇百怪咋这么神奇？
我们走进自然博物馆内，
动植物标本栩栩如生叫人着迷。
哇！从华南虎到各种鸟类，
从稀有植物到成群的蝴蝶汇聚，
还有从西藏飞来的迷途"天鹅"，
这四千余物种堪称华南第一。

这国家级森林公园遍布小河清溪,
清流中细石与螃蟹诱人跳下青草堤。
最是女作家小河淌水笑容灿烂,
流露着抓螃蟹捡"宝石"的童心嬉戏。
捡只黑柔石纹路像飞鸟展翅,
抓个螃蟹横伸着带齿的钳子。
忽然间,是谁在唱《小河淌水》,
水花四溅的情景令城里人新奇迷离!

自然博物馆前河水湍急,
走过索桥晃晃荡荡叫人心神专一。
两个瑶族[5]小妹却在桥上玩耍欢笑,
森林公园仿佛增添了一派生机。
福至心灵啊我赶快抓拍瞬间,
没想她们也说客家话流露熟悉气息。
叫我这梅州客家充满了好奇,
结下了民族之缘啊留个微信。
笑声和着绿水青山低吟浅唱,
车八岭,人与自然和谐最美!

注:①2016 年 5 月,作者出版长篇小说《客家寻梦》后,受广东作协邀请参加粤北采风。②始兴县被国家评为"中国围楼之乡",保存着许多青砖蓝瓦、木质结构的四方大围楼。始兴围楼与梅州围龙屋、福建土楼皆为客家大迁徙的典型建筑。③张九龄为唐朝名相。④车八岭国家森林公园被称为"华南物

种宝库",此处曾发现华南虎出没,其自然博物馆里有各种动植物标本。⑤广东省韶关市始兴县等数个县大部分为客家人聚集地,也夹杂着一部分苗族、瑶族等少数民族,他们普遍会说客家话。

秋游南澳岛（组诗）

一、前往南澳岛

天蓝蓝，水蓝蓝，南澳初行；
车在船，人在船，飘向汪洋。
碧波荡，船儿荡，心潮激荡；
回首岸无踪，一抹夕阳！

碧水无涯身在何方？
海鹰盘旋处是否渔乡？
天水间心随着船晃荡，
山城来客哟诗意情长！

远远的莲花翠竹迷影，
可是儿时外婆说的神仙地方？
身在海洋啊人如此渺小，

上得岸来才觉得荡气回肠!

二、环岛看海

车行水岸走走停停看海,
一忽儿平静一忽儿浪花开。
人随海景哟心潮逐浪,
仿佛儿时午后梦中醒来。

观澜台前面海浪阵阵呼啸,
仿若正在修筑奇幻舞台。
平静港湾却是另一番世界,
船儿静悄悄枕着涛声在睡!

开门见山的客家人另眼看海,
应是习惯了小桥流水杏花儿开。
海岛仿若大家闺秀心胸壮阔,
山村是不是小家碧玉手攀红梅?

三、登南澳高峰

南澳矗立着汕头第一峰,
引人勇登悬崖胆壮情浓。
重阳佳节向往登高处,
人在山腰呼喊着助威攀峰!

峰顶刮着强劲的海风，
悬崖上龟蛇相会回味无穷。
千年修炼出海成仙时刻，
为何化作山石独占此峰？

远眺家乡仿若极目朦胧中，
海天相连处碧涛气势如虹。
满山翠竹疾风中却如此苍劲，
叫人豪情万丈勇登高峰。

四、海边宾馆

窗外海中无数小船在点头，
船舷是否挂着一个个鱼篓？
夜间渔火点点忽明忽暗，
据说是渔民夜钓小鱿鱼小墨斗。

清晨临窗眺望平静港口，
忽见泳者在蔚蓝港湾里畅游。
沙滩上腰挂竹篓的渔女，
捉住横走的海蟹往篓里丢。

这里街市没有嘈杂喧嚣，
这里海水没有浑浊症候。

这里北回归线横贯山上的森林,
这里是旅游度假的海岛窗口。

五、黄金万两

南澳岛四季百种鸟儿筑巢,
传说曾经走来一群海盗。
因为有个藏下万两黄金的故事,
世代有人在这里山上寻宝。

我们沿海岸线走走瞧瞧,
走在山上攀爬石壁小道。
细看石崖风餐露宿不改颜色,
这宝藏谜一般哪里去找?

强劲的海风耳畔呼啸,
诉说着寻宝的艰辛和烦恼。
若仔细听啊它在倾诉——
智者才能得到无价之宝!

六、黄花山上

不见黄花却称作黄花山,
不见金龟却是小石龟一个个。
当年知青住的石头房屋仍在,

当年的大喇叭仍在树上唱歌。

岛上龟蛇相会对天长歌,
山间淡水湖畔仿若氧吧座座。
夜观流星却看见飞机闪烁,
白天观景却瞧见崖刻红如火!

这里是待开垦的岛上处女地,
这里将是旅游度假最佳场所。
黄金万两等待谁人开掘?
黄花山到时候将是金矿山一座!

注:2007年重阳节,作者随梅州市太平洋投资有限公司董事长古义龙先生及梅州、汕头旅行社代表旅游考察南澳岛。

探寻中国大陆最南端
的海丝足迹（组诗）
——随梅州作家考察交流团至湛江、阳江采风

从松口到徐闻的海丝链接

从梅州来到大陆最南端，
从丘陵地貌来到半岛海口边。
海丝的古风啊撩拨心灵，
作家的思绪便飘得很远很远。
穿古门，踏秦砖，抚鸟巢，
探寻海丝之路啊情思漫漫。

松口古镇是下南洋之根，
送郎过番的山歌情意依然。
徐闻是秦汉出海始发港，
一件件出土文物展现在游人面前。
追寻古海丝的足迹心潮逐浪，
兴奋掩去了长途跋涉的困倦。

松口连接着印度洋东南亚,
联合国移民坐标矗立在梅江畔。
徐闻自古是海丝的始发港中转站,
万国商埠的人文故事流传在民间。
海丝内涵是发展新机遇,
海丝文化其实从未走远!

红树林边的客家妹情思

雷州半岛最南端海口边缘,
大片红树林生长在浅海岸边。
海水浸泡着铮铮铁骨,
林子缠绵着连成一片。
黄昏小鸟归来叽叽喳喳闹不停,
早上成群结队飞走却从未流连。

树林边石狗秦砖惊现眼前,
褐色的石鸟巢啊寓意非凡。
客家作家燕子迎风立白裙飘飘,
仿佛小鸟归巢啊思绪万千。
海丝的新风仿佛在她心头劲吹,
微笑便化成山歌舒展情缘。

阿妹是否为先人足迹感动?
聆听着海谷的歌儿在心中回旋。

古海丝新梦想写在脸上，
繁华昌盛的远景正在心头上演。

徐闻博物馆的客家妹

阵阵秋雨，洗却轻尘，
我们匆匆往徐闻博物馆走去。
博物馆里啊静悄悄，
正值午休，来得似乎不应该？

瞧一瞧，门却没有上锁，
我们便大胆往楼上走去。
忽然间，一朵彩云悠悠飘下，
客家话的问候恰似春暖花开！

这是个漂亮的客家妹，
满脸笑容开怀若婴孩。
她是大学毕业应聘大海边，
心灵相通吧推迟下班等人来？

她忘了午餐招呼着老乡，
她为我们讲述古海丝与未来。
她说回乡时曾读《客都文学》，
她希望客家新书给这里添情怀。

我们也忘了午餐在此流连,
古海丝的故事冲击心灵和脑海。
我们为处处相遇客家人而感叹,
客家花儿啊满天下盛开!

海丝明珠——南海 1 号

这是古海丝的璀璨明珠,
震撼世界的水下考古就在这里进行。
商贸宝藏沉睡海底八百载,
整体打捞安放在水晶宫里。

八百年前南宋大商船出事,
它沉没在阳江南海海域。
海陵岛十里银滩闪耀着光彩,
挖掘宝藏啊满载金银与陶瓷。

啊!这是一艘怎样的沉船,
这古海丝曾经遭遇何等故事?
满载的珍宝究竟该何去何从?
潮水般的疑问正在一一被解答。

我在海丝博物馆流连,
一件件文物震撼着心灵。
这是改写航海历史的意外发现,

这是揭秘沉船之由的探险之旅。
开启宝藏之门古为今用,
海丝明珠呀已是跨越时空!

采风团里有个摄影师

他曾经是一名战地记者,
他曾经在中越之战战场奔驰。
他曾经死里逃生立下二等战功,
他复员后依然离不开摄影机。
他是兴宁市作协领头大哥,
他对文学与摄影毕生兴趣浓厚。
武官的脸却是和蔼的笑容,
拍下好相片时笑得像孩子!

这一次来到湛江阳江采风,
我和他天天共住酒店房里。
早晨醒来不见了他的身影,
直到早餐时才见他乐得笑嘻嘻。
这是他拍到美女戏水了——
数美人海水中跳跃听他指挥。

拍下徐闻秦汉海丝的古迹,
拍下湖光岩沙滩碧水的瑰丽,
拍下海陵岛的美丽风情,

拍下"南海1号"的震撼场景。
诗配画是他追寻海丝足迹的记录,
文学交流间记录下美好的记忆……

妈妈没回来

自从来到茫茫的人海,
刚学步妈妈去了国外。
我在外婆的臂弯里熟睡,
梦里也喊着妈妈要回来!

几多辛酸啊几多眼泪,
孤独的童年啊苦涩的悲哀。
大年夜家家团圆欢笑时,
我望着大路任寒风阵阵吹。

春夏秋冬又见梅花开,
我总在桥边路口默默等待。
希望却是没有一点点,
怎么受得住这心头的悲哀……

花开花落一载又一载,

祖辈们一个个去了天外。
多少伤心往事啊藏在心底,
只想见了妈妈才讲出来。

孤独悲苦的日子深似海,
劳作之余唯有读书解情怀。
虽然遭遇了许多风霜雨雪,
我独步严寒笑看蜡梅开。

那年我终于走到中学讲台,
孩子们偏问老师妈妈何在。
他们天真幼稚刨根底,
叫人伤心含泪说:"在国外!"

改革开放山外那么精彩,
我做梦般随浪潮涌到城里来。
因为同事偏问妈妈在哪里,
再次使人回望人生伤情怀。

我于是默默地回到山村外,
望着山路啊又一次发呆。
哪里忍得住大声呼喊:"妈妈回来——"
山谷却回应:"没回来,没回来……"

注:1950年以后,因父母远走国外谋生,作者跟随祖母及邻

村外祖父母留守山村,艰难度日。作者曾于中学任教,后于1990年秋从乡村进城,于企业任职;次年清明节,辗转国外的母亲首次回国,母子在台湾团聚。

花园偶遇长相忆

从考场出来我已经累透,
独步斜阳来到东门花园口。
忽见浇花女居然酷似我妹妹,
叫人陡生思念啊情意难休。

沉吟莲池畔欲搭讪等候,
浇花女却率先微笑着开口:
这是外地移来的水莲花呀,
怎似睡美人那般娇羞?

和妹妹深圳初见已两年之久,
浇花女的笑容呀使人猜不透。
我拘谨地如实相告缘由,
她说手足之情人间最深厚。
悲情往事一一吐露我隐隐作痛,
她闻言把持不住壶嘴水自流!

我难掩尴尬赶快地逃离，
她呀凝眸抬手："哥哥慢走！"
走到门口我方回头致意，
却见她微笑着仍在那儿挥手。
从此挥之不去常相忆，
此情如水在梦里长流不休……

注：作者儿时父母远赴国外谋生，父亲早逝后亲人各散西东，音信渺茫。此诗记述了1986年4月28日作者于梅城参加中山大学自学考试后，于东门花囿园偶遇浇花女的故事。

偶　意

我是展翅试飞的小鸟，
在神奇的大自然孤独飞翔。
虽然暴风骤雨无情而至，
我却追逐自由快乐来往。

我是山野怒放的野花，
在微风里起舞散发着幽香。
虽然无人欣赏无人采撷，
我却顾影自怜沉吟守望。

我是丛林孤独的小鹿，
在悬崖峭壁之间独来独往。
虽然冰雪艳阳啊寒暑险恶，
我却悠然自得欢跳远望。

我是客家山村的孤儿，

在丘陵山地披星戴月繁忙。
虽然藐兹一身如沧海一粟,
我却默默写着生活的诗行!

仙家赴会

雾海云涛笼罩阴那,
仲春赴会初到仙家。
惊叹梦里古刹灵光寺啊,
果然暮鼓晨钟柏影斜!

歇石诗句因何暂停策马?
古刹楹联凝就意境芳华。
试问此生登峰待何日?
天外有天啊,一品阴那!

注:阴那指梅县雁洋镇阴那山,千年古刹灵光寺坐落于阴那山五指峰下,寺前两株千年古柏一枯一荣,其古迹、传说、奇景闻名于世。1984年3月,被称为"全国优秀文化县"的梅县文化局在灵光寺召开文艺创作会,其时灵光寺正被打造为文化旅游景点。

夜　读[1]

灯下，春夜已经深幽，
可我仍然在书海里畅游。

睡神一次次舒展着长袖，
打开窗户送君啊请勿停留。

一只萤火虫野外忽闪飞来，
两颗流星在天边闪亮滑走。

遥望天宇啊七星伴月，
天外有天谁人能看透？

七姑星[2]的传奇如梦如幻，
祖母的故事永远在我心头。

七姐儿啊邀您凡间走一走，

此夜正是我拜读天书之时……

注：①1991年春，作者在梅城南源永芳集团任职，新迁宿舍夜读。②作者小时候跟随祖母留守客家山村，祖母要早起给孙儿做饭，因贫困没有时钟，只能观天授时，其中便有七姑星。七姐下凡的故事是当年伴随山村孩子们的神话之一。

相知如梦

你是那田野里带蕾的小花,
你是这城市里不变的初衷。
因为曾经遭遇的那个旧梦啊,
与君相遇哟勾起一片朦胧。

这是一种无法逃避的诱惑,
这是那个平常而美丽的笑容。
因为刻骨铭心的孤苦往事,
因为旧梦追寻啊凄美迷蒙。

童年时候母亲远走天涯,
外婆家阿姐伴我成长给我启蒙。
苦难中她离家出走无音信,
留我思念常常惊醒夜梦中!

悲情故事铭刻着心头伤痛,

小花经历的却是凛冽寒风。
患难之交啊化作天涯相聚缘分,
此刻的笑容仿若远方彩虹。

曾经的苦难曾经的伤痛,
改革开放带来了城市的新梦。
亲水堤岸红花绿柳月当空,
忘了归家的人啊流连在花丛……

重返山村

四面青山环绕连绵相扣,
小河水浅唱低吟潺潺不休。
堤岸竹影婆娑迷人景色,
将军树依然挺立在村口。

屋后山鸟儿依旧鸣啾啾,
门口吠的还是邻家黑狗。
屋旁的五针松已经那么高大,
篱笆上挂着熟悉的牵牛。

池畔白鹅成双步儿憨厚,
堪称万种风情潇洒自由。
西屋走出小阿妹相问找谁,
哪知我曾经住在东头。

忽见摩托飞驰屋旁停就,

原是往日的穷哥们儿这般风流。
又见有人稻田除草归来,
木桶内小鱼儿随水晃悠。

回想险恶遭遇心还在颤抖,
苦难往事啊永远铭记在心头。
忧伤的日子已经渐行渐远,
祈盼高山长青啊碧水长流!

注:作家曾经的苦难往事可参阅其散文集《乡村记事》及自传体小说《凤兰姐姐》《荷田记事》等作品。

梦回山村

四月天山村景色格外美,
丘陵小山处处泼墨淋漓。
子规唱着古老的悲情故事,
蝴蝶儿恋花自由自在地飞。

月季花红叫人不忍离去,
叶上水珠儿晶莹又迷离。
心想摘一朵却怕糟蹋,
不如拍下美丽记在心里。

当年割松香卖力之时,
吃着野果藏起了伤悲。
十八岁的心灵经历着磨难,
奋起的志向萌芽在山里。

苦日子伐木变卖无几,

越砍越穷啊望着山叹息。
如今丰衣足食太平盛世,
却见飞禽走兽人迹稀。

远处山泉叙说着往事,
山野风情看不够沃土千里。
如锣似鼓彩练空中舞,
响水寨的神奇仍旧在梦里。

母亲河情思

一

母亲河啊吟唱千年,
程江河①畔千载繁衍。
回望中原大迁徙苍茫大地,
千年之后早已换了人间。

百花洲②榕树头不见小船,
小平原上如蛹化蝶如梦如幻。
梅花山下演绎新城传奇,
客都明珠③闪耀着美丽光芒。

二

梦里老家绿水青山,

乡愁如酒梦绕魂牵。
客家游子走南闯北闯世界,
日久他乡难忘河畔家园。

围龙屋内娘酒情意缠绵,
古塘坪机场④故事缥缈如烟。
茶余饭后老叔公笑谈往事,
过番⑤历史化作当代海丝语言。

三

丹溪清泉穿越群山,
南台山⑥下茶香酒甜。
源头绿水携带着时代梦幻,
贫瘠平原啊化作都市容颜。

河畔山花烂漫五谷丰登,
程江平原高楼林立诗意回旋。
城在绿丛琼楼玉宇美如画,
大道纵横流动着现代风岚。

四

母亲河水啊穿越千年,
丹竹楼⑦故事生动依然。

南台山石头传说是筑梦意境,
客家原乡乡村振兴美丽回环。

海内外客家儿女网上相牵,
乡愁化作山歌连接家乡情缘。
母亲河绿水青山飞白鹭,
乡村情景是否游子梦里家园?

注:①梅江河为梅州客家母亲河。程江河为梅江河较大支流,发源于江西省寻乌县丹溪乡。程江河及历史上的程乡均为纪念率众南迁的客家人文始祖程旼而名。2017年秋梅县区作家协会举办了首次"寻找程江源活动"。②历史上的"百花洲"为程江河与梅江河相汇处老梅城南面的小三角洲;如今梅城江南梅江二路一带被称为"百花洲"是因为百花洲影剧院在此坐落。③程江平原为程江河与梅江河相汇冲积形成的三角洲,梅县被誉为"客都明珠",其新县城就位于此处。④20世纪30年代古塘坪机场建于梅县程江镇与西山交界处。⑤"过番"指20世纪50年代以前客家人到东南亚一带谋生,亦称"出南洋"。⑥南台山在程江河上游的平远县石正镇河畔,为武夷山山脉南伸的余脉。⑦寻乌县的丹溪乡原称丹竹楼,相传为客家大迁徙后回迁时的原始要地。

放牛娃的口哨音乐梦

有一个山里的客家村庄,
有一片山林里口哨悠扬。
放牛娃阿达来到僻静山上,
口哨里藏着神奇和向往。

阿达口哨仿若客家神曲,
四面山林百鸟悠然合唱。
"咋儿食茶""布谷—布谷"
"子归来""兮阳—兮阳"……

花开花落一年又一年,
山林音乐会日日登场。
少年阿达也一天天长大,
口哨技艺却在心头隐藏。

深圳晚会阿达技压全场,

百灵情青鸟恋有模有样。
掌声如潮不放他离去,
主持人微笑着请他再登场。
电视台记者采访了他,
口哨音乐啊在都市里飞扬……

客家的秋节

秋风秋雨滋润了人间,
乡村秋节啊风情连绵。
人来客往平添了客家秋色,
村里的传统节庆热闹非凡。

秋风将茶香酒甜吹散,
客家祖祠风俗已延续千年。
厅堂里果品五颜六色,
炒花生伴绿茶欲罢却难。

堂前大学新生红光满面,
助学款让他们远离读书困难。
那对考上名校的靓男女,
连连鞠躬感谢乡亲解囊相助。

舞狮锣鼓演绎乡村情调,

传统菜肴搭配娘酒有香有甜。
鞭炮声里祖屋宴会年年热闹,
小姐姐却化身美女服务员。

酒过三巡乡村文艺上演,
小姐妹的歌舞啊令人贪欢;
清水出芙蓉如花似玉,
山歌缭绕心头啊久久回旋……

中秋之夜

松窗月儿升起照亮山崖,
祠堂门口篝火慢慢燃起来。
山村的中秋之夜一片热闹,
游子归来相聚更添情怀。

两岸相约对歌笑逐颜开,
山路上情侣款款挽手而来。
舞台上山歌号子一串串,
火把映得阿妹如花盛开。

小石桥的嫩歌声随风而来,
少男少女轻声细语选谁登台?
黄毛鸭子初下水歌声羞涩,
表演的节目在锣鼓声里猜呀猜。

舞台对歌难解难分难下台,

火边交友有说有笑有美酒。
俊男美女手拉着手旋转,
拍手节奏与音乐旋律扬天外!

阿二哥当兵归来情系村主任金巧巧,
柚子王阿牛哥与大学生村官相爱。
意中人结成对笑着载歌载舞,
山村里充溢着中秋的爱恋情怀……

梦里老家

山脚下小河轻吟浅唱,
篱笆上花儿独自幽香。
翠竹枝头小鸟儿悠然婉转,
小桥细语道不尽往日忧伤。

淡淡的稻花香荡过村庄,
小河上白鹭悠闲飞翔。
池塘畔美人蕉蜂蝶轻舞,
四月芳菲啊依旧满目诗行。

苦难往事仍在梦里游荡,
村庄却变成了美丽模样。
墙上日日红依然如火鲜艳,
月下的初恋阿妹去了何方?

人生如梦啊淡淡的忧伤,

乡愁如水在心尖上荡漾。
对面山顶如约升起了明月，
远处的山歌却不知谁在唱……

注：作者曾一个人孤独生活，在生产队种田、参加城里的文艺创作会；作者悲情的初恋故事可参阅其自传体小说《荷田记事》；作者老家平房围墙上的日日红、池塘边菜地角的美人蕉曾鲜艳夺目。

梅花心事

北风、夕阳、梅花,
客家公园花雨洋洋洒洒。
游客笑语如潮人如醉,
花影迷蒙处好像有个她!

瞧那花丛丽影红裙飘,
拍摄瞬间又怕扰人嫌。
红衣小妹啊背影咋熟悉?
却非当年相伴赏花人!

小妹轻声呼唤看花照,
竟然飘来一群姐妹花。
她问是否微信上传过来?
我说载诗书吧可以长留下!

独自游园啊花影迷离,

却闻呢喃梦呓般情话飘。
寻梦当年她已远走天涯,
此情难忘相伴赏冬花。
忧伤的人生故事啊长相忆,
但愿梦里相伴诗里安家。

清明·桃尧采风

春风荡漾,春阳高照,
桃尧山清水秀分外妖娆。
松林河清流如许鸭声阵阵,
桃果青涩堤岸青青草。

双孔石桥横架河岸古道,
采风怀古却是知之甚少。
诗意栖居清明节观今而追远,
桃尧扬名在外果然美妙。

桃源村庄如今美丽富饶,
优雅气息宛若人间仙境。
且看清流岸上商会民宿景象,
乡村特产寄托着乡愁波涛。

阳寿山松涛缥缈若隐若现,

螳螂挂壁神石仿若一步之遥。
棋盘石上空苍鹰盘旋鸣叫,
风景独好处莫嫌山崖陡峭……

昔日知青场变为纪念馆,
历史故事化成了现代民谣。
诗歌犹在忘情朗诵吟唱,
蝉儿却在高声鸣叫"知了知了"……

"架上金盆"① 的赞歌

这里是客家的乡间美丽山村,
这里有个传统的名字"架上金盆"。
这里的脱贫攻坚故事何其生动,
这里的新时代群众文化如花缤纷。

奔康路上种养致富如火如荼,
雷甘村的贫困曾经闻所未闻。
大胆创新的路子打破了旧格局,
湖洋田集约经营产出了"小金墩"。
这是秀水瘦田养出的小龙虾,
四好农村路引游客商家找上门。

且看"架上金盆"小镇歌舞如潮,
活力四射的特色文化魅力满乡村。
老石灰厂变作群众文化驿站,
古氏宗祠②周边辉映时代"创文"。

细看卢伟良③故居演绎红色文化,
奋斗百年路的长征故事气势如虹。

昔日的贫困村随着时代转变,
这才符合它的名字"架上金盆"。
乡村振兴吹响新时代的号角,
新征程的豪迈啊歌声响入云……

注:①梅县区大坪镇地势四面低中间高,古称"架上金盆"。②古氏宗祠建于2019年春,是一座豪华的宗祠建筑。③卢伟良是曾参加长征的老红军,其故居被评定为"梅州市中共党史教育基地"。

厦门的诱惑

厦门，美丽的海岛城市，
这风情是我恒久的向往。
这靓影仿若梦中的新娘，
浓妆淡抹是梦中的扮装！

仲冬时高铁如龙走进梅州，
厦门游啊拉近了新梦想。
因为中国作协邀约厦门会议①，
这诱惑让我在高铁上遐想。

文友相伴啊海边欣赏，
走走停停眼花缭乱尽情观望。
特区的繁荣啊旧貌新颜，
厦大的美也变成旅游新景象。
陈嘉庚的故事化身海岛文化，
古街崛起繁荣仿若老曲新唱。

鼓浪屿是个最大的诱惑，
豪华游轮在海上来来往往……

老牌的华侨大厦依然兴旺，
曾经身为酒店老总的我如在梦乡。
旁边的夜市是另一种诱惑，
繁华新街仿若天上银河般明亮。
各地文化汇集此处文明交融，
街道灯火辉煌啊人来客往。
琳琅满目的台湾特产诱惑连连，
打包快递的新方式改变了往常。
台湾经济与这里水乳交融，
又见特色餐饮区熙熙攘攘。
同伴买了特产打包快递送回家，
我也买了凤梨酥等待家人品尝。

厦门，真如梦中新娘那么美，
台湾风情忽然在我心中回响。
因为母亲曾从国外辗转到台湾[2]，
曾经的宝岛游我仍放在心尖上……

注：[1]2019年11月底，中国作协在厦门召开基层作协负责人学习培训会议。[2]作者曾于1996年受母亲邀请到台湾旅游。

校园春秋

校园里的春雨

校园里下着丝丝春雨，
小径红花挂着晶莹雨滴；
梧桐叶如雪纷纷飘下，
心湖里荡起了美丽涟漪。

校门口小溪春水奔驰，
后山小鸟鸣唱雨歇之时；
花圃蓓蕾含苞欲放，
教室墙上挂满了彩色雨衣。

独倚钟楼远眺如画如诗，
品味着改革开放的美好日子。
一位女老师撑伞来上课，
教室里嘈杂话语骤然消失。

校园里春雨淅淅沥沥,
仿若敲打着我的人生课题。
小雨啊下吧下个透吧,
心灵深处有颗发芽的种子!

注:1987年9月,经有关部门安排,作者作为文化部门培养多年的文艺人才,来到家乡梅兴中学任教,成为一名民办教师。

批阅《你的眼神》

你写的是一首朦胧诗,
祝你未来成为一颗升起的星。
然而我可要这样对你说:
靠不住的是这个眼神!

你是否注意过帘子里看人,
横条衣竖条衣都变形分辨不清!
你还不知道人生如海那样深沉,
世界闪烁着迷幻的晶莹!

我高兴而惊奇写下此批语,
高兴你肯学却惊奇这朦胧诗。
我劝你最好把它藏心内,
因为你还像小草一样的幼稚!

注:文珍同学为梅兴中学 201 班语文课代表,此诗为作者当年对其诗文《你的眼睛》的批语。

告　别[1]

我们在冬天的玩笑中认识,
却撑着伞在春雨中别离。
道一声珍重啊她哭了,
校园里正下着丝丝小雨。

我曾在筹备会演时结识了她,
问遍女生宿舍却没有"钟卫华"[2]。
女生的调皮带着点点幽默,
我的合作人选果然就是她!

文艺为山村中学注入了生机,
迎春晚会是早到的春时。
人们为她的歌舞忘情鼓掌,
却不知她参与了幕后组织和主持[3]。

我送她笔记本,记住友谊;

我送她一句话：鹏程万里④。
握住告别的手啊她哭了，
校园里悄悄地下着丝丝小雨……

注：①梅兴中学幼师班钟艳芳同学实习期间受聘深圳某园，作者与她在校园道别。②钟艳芳曾对作者矜持自称"钟卫华"。③梅兴中学工会、共青团 1989 年举办的迎春晚会被评为历年最精彩的迎春晚会；作者为组织者之一，钟艳芳是其得力助手。④"鹏程万里"为钟艳芳在迎春晚会表演的歌舞节目之一。

女"警长"的鞋声

"得得得""沙沙沙"……
教室里响起单调的响声。
我坐在讲台上扫视,
她在课桌间巡视穿行。

瞧一瞧这女老师的神采,
目光凌厉,仪态端庄。
菱形别针在胸前闪闪发光,
簇新的绒外套鲜艳蔚蓝。

期末考试气氛那么肃穆,
老师表情总是那么威严。
一点都不能坏了考场规矩,
这是神圣的职责和心声。

"沙沙"是学子答卷的轻快,

"得得"是"警长""巡逻"的严谨。
理想的长河啊金光闪闪,
这里是国家的人才大本营!

注:此诗记录了作者和赖老师同室监考的情景,赖老师因风格严厉,被学生戏称为"警长"。

但愿人长久

她和我先后来这里任教,
因为文学成了朋友。
开学时瞧见她搬行李将走,
不愿告别留无言在心头。

分别使人回首校园春秋,
往日的情景化作哀伤离愁。
告别的话其实早已说过,
莫让离别之愁啊笼罩在心头。

多少回在一起畅谈文学,
多少回在一起妙语连珠;
多少次邀品茶她等待楼梯口,
多少次月夜敲门她笑里含羞!

我写剧本,她把歌词修;

我拉二胡,她手风琴协奏。
文艺汇演总是那么紧迫,
排练时眼神会意频频点头。

人生啊该走的还是要走,
友情啊该抛时是否抛脑后?
为人师表应守传统美德风范,
校园情怀呀但愿人长久。

李老师的奖赏

姑娘的情意啊甜蜜蜜,
李老师的微笑带蜜糖。

她清早来到我房门口,
笑得这么甜啊这么香!

城里演讲比赛荣获一等奖,
她因此奖给我一盒高级糖。

她说靠你的文章才能获奖,
我说是你的故事成就文章。

城里人来山里任教应表彰,
难忘背行囊哭着摸黑进村庄。

欣赏着她的笑容接过了嘉奖,

她的微笑其实才是我的奖赏！

注：1989年冬，梅兴中学幼师班李莉云老师参加城里演讲比赛荣获一等奖，由作者为其撰稿。李老师幼师专业毕业后从城里来到山村任教，当年交通、通讯不便，她背着行囊摸黑步行了20余里山路，流着眼泪赶来学校。

丝丝雨

云飘飘,雨丝丝,
染绿村野初夏时。
独步斜阳校园外,
归巢鸟雀漫天飞。

漫天飞,碧绿堤,
谁个清风弄舞姿?
一对彩蝶情脉脉,
野花流水也吟诗!

也吟诗,轻皱眉,
行人水影意迟迟。
绿岛天涯寻何处?
清风细雨告我知!

告我知,信息微,

都市繁花正入时。
雨歇天晴夕阳下,
山村雾霭彩霞飞!

注:1990年仲夏,梅兴中学教师聘请制实行前夕,作者当时为代课教师(教育局档案为民办教师),看见自己未被聘用,顿觉怀才不遇而五味杂陈,于微雨夕阳下独步小河畔。

第二辑

客家民歌

> 民歌悠悠

一片乡愁在梦里

小石桥畔绿竹堤,河水弯弯在梦里。
祖屋灯笼高高挂,井边阿妹洗花衣。

青山绿水白鹭飞,屋后园林果满枝。
满垻五谷美如画,杨梅坡上鹧鸪啼。

池边小路蝴蝶飞,戏水白鹅比翼美。
阿妹塘边摘青菜,清池照影笑眯眯。

牵牛花茎绕园篱,飞燕呢喃结对飞。
娘酒飘香老屋巷,叔公故事品茶时。

小楼明月照千里,人在天涯长相思。
一杯绿茶一碗酒,一片乡愁在梦里!

注：客家人南迁后以耕读生活为主，许多人因读书、经商等原因定居在外，却对故乡一片情深。21世纪美丽的故乡山村风景，更为游子们带来一片乡愁。

程江平原花盛开

阿哥阿妹看过来,程江平原花盛开,
好比水墨风景画,好比靓妹在舞台。

琼楼玉宇排对排,野岭荒山变瑶台。
梅花山下花千树,城乡开遍俏红梅[①]。

客都桥[②]上清风吹,疾速高铁[③]穿山来。
街道纵横康庄路,游人阵阵笑开怀。

新城新貌百花开,喜庆锣鼓闹猜猜。
海上丝路连一线,梅县新城等你来!

注:①21世纪初,梅县新城在贫瘠的梅县程江平原(梅江河与程江河交汇处)传奇般崛起,梅花山公园周边新楼林立,车水马龙,商旅繁荣,如诗如画。②客都大桥建于2019年,在新城南面。③梅州西站建于2019年,设于梅县新城西南,该站点包括高铁列车。

美丽乡村大埔行

杨梅成熟杨梅雨,大埔乡村格外美。
小船横卧三河坝,翠竹枝头绿淋漓。

雾笼青山雨霏霏,门前水稻正绿时。
西河讲述张弼士,屋后码头藏古诗。

百侯惊叹古民居,画栋蜂猴意迷离。
进士牌坊昭千古,溪畔花红草萋萋。

泰安楼上燕纷飞,昔日荣华意迟迟。
层层叠叠大围屋,楼道深深叫人迷。

看罢馆中白玉瓷,又闻汉乐醉心扉。
云卷云舒梅雨季,作家风采比花美!

注:2015年初夏,广东作协采风团走进梅州大埔县、梅县松

口镇、平远县采风。作者参加采风拍摄的泰安楼照片、创作的民歌及现代诗发表于广东省作家协会的《新世纪文坛》（现改版为《广东文坛》）。

家乡雨季

十里山村雨蒙蒙,绵绵春意透帘栊。
蜂蝶不知何处去?飞燕呢喃雨雾中。

美人蕉儿花初红,引罢池鱼跃上空。
堤畔白鹅恋芳草,卿卿我我情意浓。

溪流飞瀑响淙淙,翠竹婆娑挂玲珑;
老翁放逐樱桃鸭,躲雨笑往绿梧桐。

风吹雨衣花衫红,谁家阿妹在田中?
一阵阳光一阵雨,禾苗初长叶已浓。

花伞结伴村道中,踏歌成行小学童;
一片欢呼为哪般?笑看天边挂彩虹。

西天夕阳露苍穹,炊烟横架河西东。

临窗眺望心自远，山外是否花正红？

注：本歌为怀旧之作。曾为《梅州日报》刊载并为作者长篇小说《客家寻梦》第40章引用。

村里有条清水河

风吹竹叶扑簌簌,村里有条清水河。
两岸翠竹婆娑舞,河水潺潺日日歌。

牧牛老伯笑呵呵,淌水小童捡石螺;
洗衣阿妹歌婉转,种果阿哥随声和。

树上鸟儿喊哥哥,河里鹅鸭喊妹妹。
沐浴情侣轻声笑,月宫偷看是嫦娥。

游子归来桥头坐,风吹稻花香满河。
心随清清长流水,情牵小河代代歌!

山村红梅

十里山村百花开,村主任选她俏红梅;
大学毕业三年久,科学种养上讲台。

东山金柚一排排,西山茶园飘绿带。
鱼虾满塘南山下,北岭山上栽药材。

农家书屋清风吹,围龙厅内乐开怀;
互联网上做买卖,茶香酒甜到天涯。

小河两岸稻谷香,丰收笑声传村外。
乡村旅游美食节,广场歌舞跳起来。

喜庆锣鼓闹猜猜,乡村振兴出人才;
村主任选举无悬念,众人偏爱俏红梅!

注:本歌改编自作者长篇小说《客都寻梦》第40章。

采茶阿妹

客家山上栽细茶,采茶阿妹结伴来;
绿色茶园飘玉带,红衣点点似红梅。

一顶竹笠头上戴,一只竹篓肩上背;
笑语盈盈采茶去,这边采了那边来。

采呀采哎采呀采,采得云朵落山寨;
采过一垅又一垅,采得一袋又一袋。

枝头鸟儿闹猜猜,阿妹好比花盛开;
袅袅山歌随风转,歌声飘到九天外。

茶叶飘香到天涯,采茶阿妹情满怀;
乡村连接互联网,茶山歌舞邀你来。

注：梅州人自古耕山，梅州盛产香甘醇滑的高山绿茶、乌龙茶。泡茶聊天是梅州人的休闲娱乐方式之一，茶叶亦为客家游子的乡愁所系。

清风荡漾亲水堤

1

清风荡漾亲水堤,美丽客家藏情思。
江畔新楼连天起,琼楼玉宇绿丛里。

林荫小道听鸟语,园林花径彩蝶飞。
阿妹山歌如仙子,惹得游人不思归。

娘酒一碗茶一杯,梦里客家演传奇。
新城崛起梅江岸,两岸流连走千回。

2

晚风习习亲水堤,客家如梦醉故知。
园林城市美如画,人在花香绿丛里。

山歌悠扬月明时,情意悠悠飘万里。
游子天涯也回首,一片乡愁在梦里。

鸾歌凤舞人甜美,长寿梅州演传奇;
新城新貌新世界,原乡原民原思愁。

注:21世纪以来,历史文化名城——梅州多处翻新重建,成为四季花开的园林城市,尤其沿江一带公园、健身广场等场所鳞次栉比,成为市民、游客休闲的好去处,亦寄托着游子的乡愁。

梅花山上唱山歌

梅花山上唱山歌,歌声飞过九天河。
琼楼玉宇下凡尘,城在绿丛舞绫罗。

问我哪来歌恁多?新城美景醉心窝。
梅花山下百花艳,歌声笑声汇成河。

山前山后歌对歌,大街小巷都应和。
客家河畔筑新梦,歌如泉水涌心窝。

乡村振兴唱新歌,满城绿树舞婆娑。
穷乡变作新城市,千年美梦化成歌!

梅江两岸百花香

梅水清清梅水长,梅江两岸百花香。
姹紫嫣红蜂蝶舞,美人相伴醉花行。

江边漫步沐芬芳,柳色青青随风扬。
美景随心来入画,人在画图好风光。

城中四季绿汪汪,夜夜山歌妹搭郎。
彩裙飘飘歌伴舞,阿哥阿妹情意长。

八方游客笑声扬,茶香酒甜果飘香。
江畔园林良宵夜,芳邻远客共时光。

美丽客家花海洋,乡间花儿天涯香。
中秋游子归家日,不负岸边踏月光。

梅水清清梅水长,梅江两岸百花香。
梦里客家游不够,山歌一曲飞过江!

注:本民歌描写了21世纪初梅州建设的情景。改编自作者长篇小说《客家寻梦》第38章。

我家住在梅江边

一

青山绿水碧连天,我家住在梅江边。
江水长流连海外,游子乡愁一线牵。

二

江水悠悠映蓝天,我家住在梅江边。
四季花香飘两岸,琼楼玉宇映水湾。

新城新貌花艳艳,一行白鹭飞蓝天。
悠悠一杯客家茶,几多韵味在里边。

三

江畔园林映蓝天,我家住在梅江边。
广场歌舞明月下,轻声笑语岸柳间。

山歌飘荡到天边,游子天涯望乡关。
悠悠一碗客家酒,几多豪情在心间。

四

青山绿水碧连天,我家住在梅江边。
山高水长心意远,乡情悠悠一线牵。

难忘乡下那口塘

月映河水亮汪汪,想起老家那口塘。
日里鸡鸣桑树下,月下村姑洗衣裳。

清泉流来响当当,鲤鱼跳月闹池塘;
塘水荫田鸣蛙鼓,风吹月桂满庭香。

夏夜塘边好乘凉,阿婆摇扇故事长;
讲罢阿公过番事,又讲乡间娶新娘。

秋花秋月秋夜长,风吹稻花满塅香。
细哥细妹情脉脉,塘头墙上聊月光。

冬来村内果飘香,金柚柑橙堆满仓;
采购车子池塘畔,新歌一曲喜洋洋。

移居城市日渐长,难忘乡下那口塘;
几处新楼连山起,一泓碧水映辉煌。

注:本歌为怀旧之作,曾为《梅州日报》刊载并为其他杂志转载。

松口处处山歌台

松口江河水路开，元魁塔影逐浪来。
自古山歌松口出，古镇处处是歌台。

古镇处处是歌台，歌仙传下众歌才。
中山公园歌一曲，盛开朵朵俏红梅。

盛开朵朵俏红梅，歌如鲜花迎春开。
阿哥阿妹邀对唱，大树头下变舞台。

大树头下变舞台，古街码头忆情怀。
移民广场同欢乐，你方唱罢我上台。

你方唱罢我上台，游客远方对歌来。
阿妹多情歌满腹，歌声飘荡到天涯。

注：松口古镇是山歌之乡。"自古山歌松口出"名句因歌仙刘三妹与秀才对歌的传说而流传至今。

松口古镇水悠悠

松口古镇水悠悠,元魁塔影映清流。
移民广场歌一曲,乡愁系在古码头。

南洋古道几千秋,几多思量几多愁。
多少亲人离别泪,衣锦还乡梦里求。

江边码头风拂柳,企炉饼香随水流。
客栈细说过番事,船票捏在旧裤头。

漫步古街思悠悠,又闻弹奏汉宫秋。
三妹山歌月下唱,二哥相邀爱春楼。

情悠悠来水悠悠,龙舟竞渡争上游。
松口阿妹歌一曲,飘到天涯变乡愁。

注：松口古镇是山歌之乡、华侨之乡。古街、古码头分别是旧时客家繁华之地、下南洋的水路渡口。联合国在松口镇岸边设有国际移民纪念广场。

客都盛会

两会相连

客都盛会喜相连,
开放创新揽九天。
文意升平联商贾,
谁与世界对长联?

客商中心

芹洋半岛绿丛里,
玉宇琼楼展风姿。
商贾心灵栖息地,
江风雅韵为谁诗?

注：2017年9月底，世界客商中心在梅城芹洋半岛落成，世界客商大会、客家文博会同时于此成功举办，海内外客家人齐聚世界客都，商贾云集，热闹非凡。

江畔飞歌到天涯

高山流水响哗哗,江畔悠悠四季花。
城里乡间美如画,青山绿水绕客家。

风吹绿树舞婆娑,广场歌舞月明下。
新城崛起梅江畔,园林丛中是我家。

悠悠一碗客家酒,悠悠一杯客家茶。
江南漫步江北转,夜夜闲来纵风华。

禾雀开花花串花,碧水长流连万家。
阿妹花丛歌一曲,江畔飞歌到天涯。

注:本歌描写了有"历史文化名城""世界长寿之都"之称的梅州梅城城市发展情况及人们的现代精神风貌。改编自作者长篇小说《客家寻梦》。

金柚花开十里香

二月里来好风光,金柚花开十里香。
阿哥园内忙招呼,一群阿妹来帮忙。

春风荡漾笑声扬,阿哥阿妹疏花忙。
金柚果园产业化,乡村变作大农场。

农林新事一桩桩,科学技术变宝藏。
阿哥自信高声唱,阿妹对歌任风扬。

满山金柚十里香,一村一品敢称王。
农林经济大发展,秋来处处果飘香。

注:21世纪以来,梅州大力发展水果种植产业,梅州金柚成为一大品牌,因此梅州被称为"金柚之乡"。

推开一扇客家的门
——评曹知博油画

一

灯笼高挂祖堂前,来自黄河古岸边。
迁徙繁衍闯世界,柴门半掩为哪般?

二

下堂桌上敬祖先,椅上香炉哪路仙?
莫是主人有架造,先师灵位奉此间?

  注:曹知博为梅州市嘉应学院美术学院教授,知名客家风情画家。本歌所写的画作《推开一扇客家的门》曾刊登于《客都文学》引起读者争论:客家祖堂一般设于上堂,曹教授画成下堂——推门即见,实属罕见;另,将香炉置于太师椅之上置于神桌前,或是屋主开工建造而奉张先师之神位?

亲水湾里桂花开

亲水湾里桂花开，香风飘荡到楼台。
琼楼玉宇连天碧，清水岸边等你来。

亲水湾里清风吹，一行白鹭天上来。
七星伴月歌伴舞，水影桂树花自开。

亲水湾里搭歌台，歌仙传下众歌才。
程江明月原乡水，景观堤上香风吹。

亲水湾里桂花开，茶香酒甜笑开怀。
阿妹山歌绕梁飞，楼上唱到景观台！

注：程江河一带被称为客家原乡。亲水湾是梅县新城程江河西岸的小区，小区内遍植桂花树；美丽城乡建设中的沿河景观提升工程自亲水湾连接至老梅城的德龙大桥。

客家情歌

我在乡村遇见你

一

客家仙桂香万里,我在乡村遇见你。
你在长堤看风景,我在河畔看花枝。

二

长堤绿树舞新枝,我在村里遇见你。
桃花枝上鸟婉转,风情万种不思归。

围龙屋舍逢生机,我在民宿遇见你。
茶香酒甜人俏丽,时光穿越故事里。

晚风舞动夏时衣,我在田陌遇见你。
一片蛙声夕阳下,枝头小鸟催人归。

秋花秋月秋色美,我在村里又见你。
文化广场歌伴舞,中秋明月寄相思。

三

春风荡漾花含蕾,相约村里来见你。
笑语悠悠长堤上,一双鸟儿天上飞。

望见阿妹在花丛

绿水青山春意浓,梅江两岸花正红。
心想摘花怕有刺,好花生在荆棘丛。

望见阿妹在山中,满山开遍映山红。
心想上前摘一朵,阿妹却在高山峰。

望见阿妹在水中,映日荷花别样红。
心想相邀摘莲子,阿妹却在小船篷。

望见阿妹在花丛,万绿丛中相映红。
心想相约采花去,阿妹却在荆棘蓬。

浑水过河唔知深,耳聋打鼓唔知声。
随口山歌溜过去,吓飞一树白头翁。

注：本民歌改编自作者长篇小说《客都寻梦》第22章，曾由梅江区文化馆作曲家刘小勇谱曲，在"广东省客家山歌擂台赛暨第三届八省客家山歌邀请赛"获小组唱银奖。

桂花树下约情郎

一

绿水青山绕村庄,门前四季桂花香。
阿妹树下看哪个?隔远走来有情郎。

二

正月里来百花香,桂花树下约情郎。
阿妹含羞心荡漾,两只蝴蝶舞芬芳。

夏日悠悠夏日长,桂花香里思情郎。
阿妹树下发微信,花香随心到远方。

秋花秋月秋夜长,八月里来夜渐凉。
阿妹窗前十字绣,莲塘依偎两鸳鸯。

冬天楼上看夕阳,桂树黄花依然香。
阿妹香囊藏衣内,暖心快递寄远方。

三

春来满树桂花香,门前香车接新娘。
桂花树上系红带,祝福一对喜鸳鸯。

萱草花

萱草花,母亲花,开在门前篱笆下。
儿女天边也回首,远走他乡记着它。

萱草花,小路下,绿叶丛中笑哈哈。
走遍天下无所惧,心里萱草正芳华。

萱草花,菜园下,海角天涯难忘它。
年深外乡犹故乡,心头开遍萱草花。

萱草花,堂屋下,难忘柴门老妈妈。
心怀梦想闯世界,阿母之话心中挂。

萱草花,母亲花,开在门前篱笆下。
一片乡愁归何处?悠悠萱草在心洼!

注：萱草绿叶黄花，客家人亦称其"黄花菜"，常见于农家篱笆下、地角或小路边，亦作为盆栽供人欣赏。其花晒干后可作菜肴或汤料。自古以来萱草花也被称为"母亲花"，是外出游子思念母亲的一种寄托。

情人湖畔

一

情人湖畔荷花红,一阵蝴蝶一阵蜂。
阿妹阿哥湖边走,丽影双双映水中。

二

一对白鹅在湖中,形影不离情意浓。
阿哥拉着阿妹看,天鹅一生对情忠。

湖畔清泉响淙淙,蝴蝶飞入花丛中。
阿妹拉着阿哥看,莫学蝴蝶醉花丛。

湖西移步到湖东,一对鲤鱼跃高空。
阿哥拉着阿妹看,妹是大海哥是龙。

湖边大树舞清风,婉转画眉藏绿丛。
阿妹拉着阿哥看,鸟儿情意在歌中。

三

美丽乡村映湖中,阿哥阿妹比花红。
情人湖畔心相依,绵绵情意似酒浓。

相约中秋人未归

相约八月中秋时，等到中秋人未归。
梅江岸上独自走，心中寂寞无人知。

秋月秋风撩花枝，长堤明月照千里。
岸边游人皆不是，茫然四顾泪沾衣。

逆水游来一对鲤，上上下下总徘徊。
山歌唱去无对答，月出等到月斜西。

心上人啊在哪里？脚踏浮桥呼唤你。
路边野花不要采，明月千里照相思。

相约八月中秋时，等到中秋人未归。
莫非阿妹花开早？莫非阿哥采花迟？

注：本情歌改编自作者长篇小说《客都寻梦》第 22 章。

不知阿郎在何方

月光映水心中凉,阿妹来到白马塘。
鲤鱼跳月池水响,左等右等不见郎。

月光映水心中凉,阿妹坐在小桥旁。
桥头柳絮随风荡,左看右看不见郎。

月光映水心中凉,阿妹站在桂花岗。
风吹桂花香阵阵,左思右想不见郎。

月光映水心中凉,阿妹徘徊九曲廊。
相约月圆人未见,不知阿郎在何方?

情从口出随风扬,隔远山歌是阿郎;
小河淌水高声唱,阿妹心头满芬芳!

注:本情歌改编自作者长篇小说《客都寻梦》第46章。

山村恋歌[①]（叙事山歌）

两岸青山舞婆娑，是谁河畔唱山歌？
大学毕业转乡下，博士阿郎桥头坐。

河湾一对大白鹅，左右相随细吟哦。
阿郎阿妹八年约：毕业归来先对歌。

眼前满墩丰收禾，望见阿妹上西坡。
小河淌水哗哗响，阿郎飞步过西河。

南山有个阿牛哥，种得金柚满山窝；
情歌也向西边唱，惹得阿郎疑虑多。

西山坡上舞绫罗，姐妹个个背竹箩；
一边采茶一边唱，五彩云霞落山坡。

阿郎快步飞上坡，情真意切为妹歌。
采茶姐妹哈哈笑，笑问哪来傻哥哥？

阿妹认出阿郎哥，站在高岗来对歌。
山上山下歌相驳，高山流水乐呵呵。

阿牛飞歌来穿梭：哪个斗胆闯山窝？
园长[2]阿妹金孔雀，你这阳雀快下坡。

阿妹闻声背笑驼：阿牛何必闲事多？
山村栽有梧桐树，引得凤凰落山坡。

阿牛不解心头锁，阿郎听罢笑呵呵。
茶园园长是阿妹，凤凰正好恋山窝。

天上飞来金陀螺，青山绿水舞绫罗。
金童玉女歌相对，茶山上演对山歌。

阿妹越唱歌越多，句句不离新山河：
你若有情乡村恋，红花绿叶为你歌。

阿郎越唱情越多，发誓投身山窝窝：
绿水青山是宝地，蓝图描绘新山河。

阿郎边唱边上坡，阿妹岭上会情哥；
茶园姐妹来伴唱，山村回旋长恋歌。

注：①本情歌曾参加梅州市梅县区作家协会2013年民歌创作大赛并获一等奖，以客家语音韵为标准。②即茶园园长。

茶山恋歌[①]（叙事山歌）

（男）天蓝蓝，山青青，满眼春光故乡行。
　　　对面谁家茶仙子？好似红花岭上生。

（女）客家春色红又青，阿妹哪敢比花靓？
　　　你系有心过来嬲，本山茶香手艺精。

（男）山边天色半阴晴，东张西望岭上行。
　　　不知阿妹何名姓，借问是否梅花岭？

（女）脚踏梅岭问梅岭，山茶阿妹系我名。
　　　请问上山寻哪个？自报家门才放行。

（男）绿水青山绕心声，本乡阿郎外地生；
　　　网上偶知山茶妹，未曾相识慕大名。

（女）阿妹种茶在山岭，带领山村创新行。
　　　但愿农家都富裕，山茶阿妹不图名。

（男）阿妹细茶特出名，国内国外有名声。
　　　我今回乡求发展，寻找阿妹引路行。

（女）听你讲话气势凌，莫非前来论输赢？
　　　乡村振兴大发展，不知阿哥爱哪行？

（男）历代经商在省城，我是雏鸡学发声；
　　　国外学成正风华，海上丝路引我行。

（女）游子归来受欢迎，科技创新才会赢。
　　　不是阿妹不信郎，问郎都有何本领？

（男）敢放白鸽敢响铃，博士文凭故乡行。
　　　企盼携手产业化，爱情事业要双赢！

（女）现代科技处处兴，博士回乡我欢迎。
　　　茶山事业约三载，绣球抛出要抢赢！

（男）身怀知识岭上行，产销两旺是心声。
　　　三载相约大发展，绣球一定我抢赢。

（合）天蓝蓝，山青青，梅江两岸景色靓。
　　　两人相约等三载，爱情事业要双赢！

注：①本情歌为男女对唱山歌，以客家语音韵为标准。

我在侨乡等你来

侨乡四季百花开,香风飘荡亲水台。
村里阿妹歌一曲,山歌袅袅到天涯。

茶香酒甜迎客来,围龙屋内笑颜开。
入住民宿古豪宅,时光穿越旧情怀。

围龙古屋一排排,旧楼新貌添异彩。
古时南洋海丝路,乡村故事连海外。

池塘鱼虾惹人爱,屋背青山雉鸡啼;
田陌纵横机耕路,青菜瓜果四季栽。

凉亭河畔花盛开,山歌对唱乐开怀。
你若有空请过来,我在侨乡等你来。

注：梅州市梅县区南口镇侨乡村自古以来走出许多海外华侨，被称为"华侨之乡"。许多衣锦还乡者建豪宅、办教育，其中著名豪宅有南华又庐、东华又庐等，数十座围龙屋成为一道独特的风景线。侨乡村在美丽乡村建设政策的扶持下打造乡村特产、民宿、美食等文旅项目，引来大批游客。

阿妹今日会情郎

哎呀哩——

一

太阳出来喜洋洋,阿妹穿起新衣裳;
花枝招展真漂亮,走出一个美娇娘!

不是出门去远方,不是酒楼去食飨——
有个阿哥约妹子,阿妹今日会情郎!

二

满桌酒菜喷喷香,轻声笑语祝酒忙。
阿妹阿哥排排坐,双双殷勤敬爹娘。

清蒸鱼丸先上场,萝卜姜蒜炒猪肠;

客家娘酒配鸡翅,红烧鲤鱼尺二长。

酒过三巡话语长,论了吉日说嫁妆。
阿哥桌下牵妹手,阿妹娇羞不声张。

三

春天相恋已开场,夏季天热百事忙;
秋月秋风秋收后,月圆人圆闹洞房!

小河岸边对山歌

男：站在高岗声远播，山谷回声波连波。
　　对岸阿妹歌声好，邀你河边对山歌。

女：邀我河边对山歌，唱句噢嗨进心窝。
　　阿妹虽然才学浅，日出唱到月上坡。

男：日出唱到月上坡，春夏秋冬歌连歌。
　　阿哥好比红鲤鱼，要游阿妹那条河！

女：要游阿妹那条河，若唱唔赢莫奈何。
　　阿妹好比清泉水，日夜奔流常高歌。

男：日夜奔流常高歌，哥系百灵歌正多。
　　一年四季日日唱，百转千回为妹歌。

女：百转千回为妹歌，莫想搭松又缠荷。
　　若系山歌败下风，隔远相看莫过河。

男：隔远相看莫过河，阿妹莫来为难哥。
　　洗衫爱洗长流水，织笭爱织绿竹笭。

女：织笭爱织绿竹笭，乡村振兴歌对歌。
　　若系有缘等三载，榜上有名正过河！

合：满山绿竹舞婆娑，小河两岸对山歌。
　　致富路上等三载，榜上有名正过河！

注：本情歌以客家语音韵为标准；改编自作者长篇小说《客都寻梦》第 21 章。

牵条牛牯过岭排

牵条牛牯过岭排,山背阿妹等我来。
唱起山歌过山去,喜鹊声声闹猜猜。

喜鹊莫来闹猜猜,阿妹是我一朵梅。
不怕山高路又细,我帮阿妹春耕来。

山顶乌云雨做堆,淋湿衣衫淋湿鞋。
躲避阵雨牛走远,追得阿哥脚歪歪。

风吹山歌飞过溪,听见阿妹对歌来。
三步并作两步走,山花含笑为我开。

牵条牛牯过岭排,山背阿妹等我来。
三步并作两步走,喜鹊声声闹猜猜。

注：客家人大迁徙以来，依靠中原耕作技术过着农耕生活，耕牛为其重要的生产资料，直到20世纪末，客家农村开始朝农业集约化、机械化的模式迈进，耕牛的重要地位才被取代。本民歌描写了山村男子赶牛翻山越岭帮恋人春耕的情景，改编自作者长篇小说《客都寻梦》第32章。

相思桥畔风拂柳

八月桂花香悠悠,小河流水唱不休。
坝上洗衣望明月,相思桥畔风拂柳。

彩云伴月天上走,岁月如歌似水流。
商路迢迢弯弯绕,不知阿哥何处留?

月光如水照山丘,夜鸟树上鸣啾啾。
你飞我逐成双对,春花秋月常相守。

阿哥外面走呀走,你在那头妹这头。
满山花儿红艳艳,阿妹春日盼到秋。

一片相思寄水流,一片情思情难休。
天上月圆人不圆,相思桥畔风拂柳!

注：本民歌描绘了20世纪改革开放时期，客家乡村男人外出经商，女人在乡村思念男人的情景，改编自作者长篇小说《客家寻梦》第19章。

客家寻梦歌成河

梅江水啊天上河,流到城里化成歌。
琼楼玉宇下凡尘,梦里客家歌成河。

亲水岸边柳婆娑,长堤明月醉心窝。
阿妹如花花间走,相依相伴舞绫罗。

两岸园林映江河,客都美景谱新歌。
游人漫步浮桥上,低言细语细吟哦。

梅花山下起高楼,人在绿丛纵高歌。
新城崛起蓝天下,客家山歌飘天河。

客家寻梦歌成河,有缘相识你和我。
江水长流同船渡,一曲春秋传奇歌!

注：20世纪末至21世纪初，梅城崛起园林新城，城内花开四季、一派祥和，早晚游人如织，外地的打工族、本城客家人及四方游客皆陶醉于新城的美景中。本歌以客家语音韵为标准。

春思（两题）

赏红梅

梅江河畔赏红梅,雾霭茫茫花正开。
漫步园林沉思处,风影疑似故人来。

风吹花雨笑颜开,难忘当时共赏梅。
无奈伊人天涯去,留得清梦总伤怀。

石榴红

梅园几度弄春风,又见石榴火样红。
当日游园同欢笑,为何如今觅无踪?

千里之外却相逢,往事悠悠如梦中。
莫道有缘情淡薄,年年谷雨忆花红。

注：21世纪初，作者从农村进城市企业任职，升迁至总经理。来自各地的同事，尤其精灵般的外地小妹，给作者留下了难以忘怀的印象——详情请参阅作者长篇小说《客家寻梦》。

清明·美人梅

梅江湾上美人梅,待到清明始盛开。
幽幽忆君难为笑,雨丝如泪挂红腮。

世人皆赞报春梅,唯独情痴此时来。
堪叹相思江岸上,骚人几度觅情怀。

往事悠悠在心怀,挥之不去梦里来。
鸿雁南飞悄然去,天涯是否共赏梅?

登领奖台（外一首）

心湖涟漪逐浪开，漫步元宵领奖台。
住在深山人未识，春风送我闹里来。

巧相逢

宾馆门口巧相逢，犹记文艺会议中；
搔首娇羞提往事，回眸渐觉笑脸红。

中秋晚会门庭中，人散回廊曲已终；
依君相约良宵夜，相隔无语空朦胧。

天上月明人迷蒙，咫尺天涯望太空；
忽然一阵夜风起，柔情低唤似酒浓。

草坪蛐蛐合唱中，多情仍旧防范浓；
坐前一寸又一寸，胸中却似急撞钟……

注：1986年元宵节，中国国际广播电台及本地广播电视台、报社等媒体《可爱的家乡》联合征文大型颁奖会在梅城江南大厦隆重举行，轰动一时。作者因散文《我的家乡荷田》获奖参会。颁奖会期间，作者偶遇20世纪70年代参加文艺创作会时结识的某女文友。当时正值中秋夜，颁奖晚会曲终人散，唯两个文学青年相约月夜。月下的条凳上，女文友依石狮交臂望月，作者却不敢靠近，两人咫尺天涯；蛐蛐合唱，夜起凉风，作者在女文友的柔情呼唤中靠近一寸又一寸，慢慢地两人肩相依、手相挽，此时惊心动魄而无语。详情请见作者自传体小说《荷田记事》。

童心无界

美丽乡村是我家

小河水,哗啦啦,绿水青山绕客家。
风吹稻花香两岸,河边绿竹响沙沙。

竹篱笆,牵牛花,塘里大鲩红鲤麻。
龙眼树下好乘凉,鸭麻戏水翘尾巴。

屋背山,养鸡麻,鸡公高唱大树下。
门前菜地像图画,棚下辣椒棚上瓜。

阿二叔,笑哈哈,驾驶村里清洁车。
农家书屋灯火亮,大妈跳舞月光下!

小河水,哗啦啦,美丽乡村是我家。
从小有个中国梦,长大建设新中华。

山村童谣（三题）

满园春色

又蝴蝶，又蜜蜂，一飞飞到田墘中。
路边花，唔去采，只贪满墘春色浓。

雪豆花，麦豆花，阿姐笑容比花红。
农耕机，无人机，阿姐正是主人翁。

清明踏青

桃花开，李花开，桃红李白闹春来。
小河边，美人梅，待到清明花正开。

念先人，踏青去，采得鲜花扫墓台。
人世间，要感恩，鲜花祭拜解情怀。

金柚开花

二月里,好春光,金柚开花十里香。
要丰产,疏花去,我给爸妈来帮忙。

新农村,产业化,果园变作大农场。
梅州柚,敢称王,大湾区里美名扬。

留守悄悄话①

一

月光②晗清狗狂吠,阿爸阿妈是否在门外?
放下书本窗口看,山顶月光爬上来。

二

月光光,真可爱,悄悄话儿记心怀。
留守山村我不怕,山路弯弯好成才。

月光光,真可爱,你要悄悄入梦来。
我坐飞船邀嫦娥,飞到月宫仙桂台。

月光光,真可爱,搭信阿妈莫忘怀。
考试头名要奖励,新衣新鞋鲜果奶。

三

月光咹清狗狂吠,阿爸阿妈何时才回来?
留守话儿悄悄说,月光光呀真可爱!

注:①本作品改编自作者长篇小说《客都寻梦》第42章。②客家话称月亮为"月光",幼童口语为"月光光"。

摘当梨

清秋节，摘当梨，屋背山岭果满枝。
蝴蝶飞，花艳艳，鸟鸣湖畔景色美。

东边去，西边回，手挽竹篮笑眯眯。
南山走，北岭转，山间路旁果最美。

摘野果，乐在心，八月当梨似菩提。
一边摘，一边尝，嘴巴红红似胭脂。

又唱歌，又猜谜，读书玩耍两相宜。
夕阳下，风徐徐，摘着当梨闻子规。

中秋节，游子归，乡愁挂在当梨枝。
阿妈捧出当梨酒，月下歌舞正入时。

注：当梨，因果子像小小的梨而得名，有的客家山村亦称其

为"山捻子";春季开花,秋季果实鲜美,为人们最喜爱的野果之一。摘当梨是许多外出游子的童年回忆。

客家童谣（二题）

梅江两岸梅花开

冬天去，春天来，鸟雀争春闹猜猜。
细鸟仔，猜脉介？梅江两岸红梅开。

快快走，快快来，小朋友，去赏梅。
要学梅花傲霜雪，要做祖国栋梁才！

森林城市长寿乡

春风吹，花儿笑，蝴蝶飞，小鸟叫。
小朋友，快快来，种树种花真热闹。

你种树，他种花，我拿盆儿把水浇。
森林城市人快乐，风吹花香满屋飘。

乡村童谣（二题）

飞天梦

萤火虫，飞呀飞，一串流星落村里。
看星星，看月亮，飞天故事最神奇。

古时嫦娥奔明月，今有卫星天上飞。
我也有个飞天梦，飞到月宫看呀哩！

河边月夜对山歌

村子里，有条河，月光下，对山歌。
你河西，我河东，月出唱到月照坡。

细哥唱，细妹和，阿公阿婆笑呵呵。
蛤蟆仔，凑热闹，声声唱个丰收禾！

文明城市清风吹

五色雀,闹喳喳,飞到树上像朵花。
文明城市清风吹,吹到校园吹到家。

微风雨,润百花,互相关照你我他。
往返学校守规则,过马路走斑马线。

山泉水,哗啦啦,课堂创新乐哈哈。
吃饭光盘不浪费,节约勤俭好持家。

爱祖国,爱我家,尊师重教众人夸。
快乐读书勤锻炼,立志建设新中华!

月儿弯钩钩

梅江水,静静流,阿妈带我月下走。
绿叶舞,人欢笑,月儿笑成弯钩钩!

江畔歌,乐心头,阿妈带我亮开喉。
唱山歌,人欢笑,月儿笑成弯钩钩!

广场舞,乐悠悠,阿妈漫舞带我走。
歌伴舞,人欢笑,月儿笑成弯钩钩!

梅江水,静静流,阿妈带我江畔走。
清风吹,我起舞,天边月儿弯钩钩!

梅州少年足球梦

美丽梅州是球乡,历史球王李惠堂。
梅州少年足球梦,未来世界再称王。

少年强,民族强,读书练球各有方。
成绩好,球技棒,迎来日出迎月光。

少年强,国家强,球王故事是榜样。
踢出威,踢出志,门前踢到绿茵场。

少年强,变脊梁,奥林匹克拼赛场。
好功夫,在脚下,铁脚射门创辉煌。

客家足球是原乡,少年踢出新花样。
从小有个中国梦,未来世界再称王。

足球场上争高峰

一

足球场上劲冲冲,梅州少年练奇功。
前有球王李惠堂,未来再出大英雄。

二

书声朗,百花红,练球艺,展新容。
细哥细妹敢打拼,哨声如令打冲锋。

早晨练,日头红,晚上练,月朦胧。
铁骨铮铮脚灵活,一脚射门入网中。

一声吼,肝胆雄,脚如铁,球灵通。
人小胆大身体好,球技练就心中红。

三

绿茵场上劲冲冲,梅州少年练奇功。
足球连着中国梦,未来再出大英雄。

萱草花·母亲花

萱草花,母亲花,开在门前园篱下。
走他乡,也回首,远走天涯记着它。

萱草花,母亲花,开在门前小路下。
老妈妈,依门望,盼着儿女早归家。

萱草花,母亲花,走遍天下不忘它。
望乡关,游子归,一片乡愁在心洼

萱草花,母亲花,绿叶丛中笑哈哈。
阿妈做菜等儿女,娘酒飘香满厅下。

注:萱草花客家话称黄花菜,黄花绿叶,自古称为母亲花。其一般生长于农村菜地边或篱笆下,亦可盆栽于堂前作观赏植物,干花可为菜或汤料。

红领巾·红彤彤

一

红领巾,红彤彤,祖国人民在心中。
永远跟党向前进,百年征程立奇功。

二

红领巾,亮心中,好好学习不放松。
我是祖国接班人,成绩优秀思想红。

红领巾,亮心胸,体育场上敢冲锋。
打篮球,踢足球,学习游泳练成龙。

红领巾,亮衣襟,课堂纪律记心中。
书本知识要灵活,互相帮助兴趣浓。

红领巾,亮眼中,善恶分明各不同。
弘扬好人和好事,锻炼人品心中红。

三

红领巾,红彤彤,党的话儿记心中。
爱祖国,爱人民,新征程上立奇功。

梅江景色醉游人

一

梅江畔,碧连天,琼楼映水湾。
柳青青,花艳艳,蝴蝶舞翩翩。

风吹绿树掩新城,人在园林百花间。
茶香酒甜醉游人,风吹笑语到天边。

二

梅江畔,碧连天,城乡一线牵。
风轻轻,云淡淡,鸟鸣翠柳间。

桂花香里迎客来,月下歌舞赛花仙。
佳果美食醉游人,风吹山歌到天边。

三

梅江畔,碧连天,园林城市百花鲜。
客家风情醉游人,风吹笑语到天边。

阿鹊子,闹喳喳

阿鹊子,闹喳喳,有何喜事到我家?
阿细姑,娶新郎,全家乐到笑哈哈!

哈哈笑,笑哈哈,城里帅哥配村花。
新农村,新天地,城里才子落我家。

种稻谷,种绿茶,新农科,机械化。
姑姑是个村干部,姑爷是个农学家。

阿鹊子,闹喳喳,农科专家落我家。
新农村,真美丽,蝴蝶飞来采金花!

雁鹅飞过七贤山

荷田河，七贤山，雁鹅飞过绕七圈。
小河水，**静静流**，风吹绿竹响潺潺。

秋风起，雁回还，七贤山上绕圈圈。
山水美，村花艳，雁鹅流连绿草滩。

排人字，排一线，雁鹅阵阵飞蓝天。
好久不见雁鹅过，叫人牵挂在心间。

稻花香，瓜果甜，美丽乡村景色鲜。
小朋友，歌伴舞，雁鹅请你要回还！

注：每年秋季，北飞的雁鹅从荷田村小河上空飞过，总会在七贤山环绕七峰盘旋，越飞越高，良久方才离去，留下猜不透的谜。20世纪60年代，村民因贫困而大砍大伐，使环境变迁，再也不见雁鹅从村中飞过。于是，雁鹅绕峰的奇景成为村中的传说。

采风风采

抒写美丽·演绎童真
——2019广州岭南童谣节

童谣清丽如花开,稚蕾红梅演绎来。
喜迎祖国七十载,客家生活上舞台。

梅州四季百花开,乡村音乐演绎来。
童趣童真歌伴舞,客家美丽搬上台。

注:由梅州市文明办推荐、黄育培作词、黄生谋谱曲、梅县区程江镇小展演的客家童谣《美丽乡村是我家》在省文明办、省文联、省作协等单位为庆祝新中国成立70周年联合举办的"我和我的祖国"2019年岭南童谣节荣获特等奖。

铜箔之都·山中金凤[①]

——广东嘉元科技股份有限公司[②]采风

创新科技著心声,党建引领快步行。
敢为人先潮头立,远航团队是精英。

山中金凤亮稚声,铜箔之都获新名。
科技弄潮闯世界,乡村花红叶又青。

注:①2020年底,中国电子铜箔行业年会暨梅州市铜箔产业大会在梅州市召开,助力梅州市打造"铜箔之都",广东嘉元科技股份有限公司是当之无愧的"山中金凤"。②广东嘉元科技股份有限公司为国家技术创新示范企业,总部位于梅州市梅县区雁洋镇。

文化结缘·游子情深
——访客家企业精英钟伟平先生

衣锦还乡[①]独一枝，结缘文化发展时。
时代弄潮当记述，红花绿叶耀春晖。

故土情深独一枝，家乡建设正当时。
领衔小镇工商界，白沙村[②]内比花美。

注：①2019年秋，深圳500强企业深兄环境有限公司董事长钟伟平回乡兼任水车镇商会主席。②白沙村自建设美丽乡村以来，在政府的帮扶与引导下，在钟伟平等村中乡贤的大力支持下成为绿水青山、环境优雅的旅游特色村。

古城[1]新貌闹元宵

古城新貌闹元宵,长龙金狮舞天骄。
中华街上猜谜去,油罗巷口赛风骚。

璀璨灯火闹元宵,月上柳梢人如潮。
江畔游人花间走,悠悠漫步过浮桥[2]。

注:①指历史文化名城——梅州梅城。梅城老城区曾于2018年元宵节组织声势浩大的文化活动,活动现场人山人海。此后,老城改造逐步推进,成为市民游玩及游子思怀之地。

②指梅城东山亲水公园至江南归读公园的梅江浮桥,周边风景优美,是梅城人休闲健身的好去处。

林下经济·采风

南寿峰·药王谷

群山欲抱南寿峰,名药奇材布谷中。
石斛附木花艳艳,回眸微笑一仙翁。

南寿峰·红豆杉

森林树下遍奇葩,南药王者硅谷花。
清脆鸟音鸣不绝,红豆杉笼绿山洼。

注:南寿峰旅游景区位于梅州市梅县区松口镇内,南药为其主要特色,石斛、红豆杉为南药名药材。

相思谷·采风[1]

藤缠树来树缠藤,相思谷内缠对缠;
山歌袅袅飘过去,走来几个嫩娇莲[2]!

山歌一曲绕青山,阿妹好比天上仙。
阿姐攀藤眯眯笑,相思莫怨不上前!

注:[1]2015年5月,广东省作协采风团走进平远县旅游景区相思谷。其内林木盘根错节、清泉瀑布星罗棋布、蝉鸣鸟唱不绝于耳,景色美不胜收。[2]客家话,即"靓丽小妹"之意。

松口中秋·采风

松口古镇觅行踪,小巷深深诗意浓。
阿妹相机拍哪个?原来惊艳在其中!

三角梅开映晴空,青枝瓦上舞花红。
君在悠然拍秀色,我将靓丽入镜中!

注:松口镇为梅县著名的千年古镇,是昔日客家人走向南洋的出海港,文化底蕴深厚。

丹溪·寻源

一、梦里丹竹楼[①]

古道丹竹吊脚楼,岑峰大树遮日头。
不见楼前车马过,山高林密水泗流。

二、丹溪寻源

寻源探胜到丹溪,石上清泉景物奇。
峦嶂歌谣忆迁徙,水声依旧唱故里。

三、培风文塔

丹溪山上读文峰,故事由来各不同。
重教崇文千古颂,客家精神见培风。

四、奇石谷清泉

竹木森森风似琴,蝉鸣鸟唱和知音。
鬼斧神工奇石谷,浪花穿越万古吟。

五、寻源心切

汗流浃背进荒山,芒草拦腰亦枉然。
只顾亲临源上水,崎岖小道若等闲。

六、文缘聚会

采风相聚结文缘,两地作家同入山[2]。
登上高峰观世界,密林深处是程源。

七、作家阿妹

岭上红花鲜又靓,怎比阿妹俏心灵。
小路前头生芒草,拨冗寻源道真情。

注:[1]丹溪原称丹竹楼,大迁徙时期有民谣:"岑峰丹竹楼,有天有日头;不见轿夫抬轿走,却见猴哥揽树苑。"[2]指广东省梅州市梅县区、平远县、江西省寻乌县作家联合采风。

程江水·母亲河

程江源

丹溪跋涉到深山,竹木围成草甸缘。
山嶂水流集千曲,三江万古共此源。

丹溪山池

池林辉映绿淋漓,芳草奇花情如诗。
万籁低声清泉唱,深谷藏美不自知。

石正河畔

南台山下舞秋风,石正河边花渐红。
芳草丛中鸭展翅,清流吟唱道情浓。

诗意·侨乡
——南口镇侨乡村采风

诗意侨乡

群山苍翠绕侨乡,河畔农田耕种忙。
亲水岸边云雀影,长廊花草正芬芳。

南华又庐

十厅九井大宅门,富贵曾经盖数村。
回望南洋发迹处,天涯丝路又逢春。

东华庐

诗意栖居情万千,京城志士始联姻。
穿越时光民宿内,鸟鸣旧梦到枕边。

侨乡故事

古民居内看从前,故事感伤旧时天。
风水围龙变新貌,乡村振兴正着鞭。

三星河畔

三星河畔花盛开,阵阵清风情满怀。
你若有闲前来聊,我在长亭等你来。

松口古镇·采风

松口码头

松口古镇思悠悠,碧水码头天际流。
松江客栈旧时物,回眸几度别离愁。

松江大酒店·馆藏

松江店内豪华房,古色衣橱大栏床。
游客床头亲体验,想象旧时送情郎。

大黄村喆庐·罗汉松

矗立门前望苍穹,千年罗汉化作松。
游客纷纷猜其意,祈祷世间乐大同?

张榕轩故居

曾经藏龙在松乡,国内南洋立纲常。
商办铁路留青史,乡中丽水万古长。

注:张榕轩,著名爱国侨商,中国第一条商办铁路潮汕铁路的创建人。

古街风情

中原汉乐街上扬,企炉饼香诉衷肠。
古镇何来百家姓?秦时明月照花香。

注:松口古镇居民姓氏超过120个,相传秦末赵佗在此驻兵十万及羁妇五千,为其人口来源之一。

松口山歌

公园巧遇山歌仙,巧对妙答意相连。
莫非又出刘三妹,传歌古镇再回旋?

注:相传松口歌仙刘三妹(电影人物刘三姐原型,其扮演者广西艺术家黄婉秋曾寻根松口)出口成歌。

蕉岭名人故里采风

一、丘成桐故里

初秋风雨送清凉,院士故里飘桂香。
且看满墙人才榜,数学泰斗亮祠堂。

石崛河畔耀金光,科技模型立故乡。
卡丘空间探世界,天宇思绪任飞翔。

二、丘逢甲故居

文化传承莫相忘,书声依旧在原乡。
逢甲公园留千古,保台旧事风物长。

名家故地忆书香,忽见祭祖村少娘。
兴来轮番挑箩格,平添风韵笑语长。

三、长潭风光

长潭又见好风光,蓝色清波漫绿庄。
高台庵上云深处,乡愁一片放眼量。

长潭明月照四方,诗话游人情意长。
何处山歌悠然起,若隐若现醉心房。

惊艳·旗袍

一

旗袍惊艳扮妆浓,疑似天仙降绿丛。
美色江南今相聚,客都时尚醉花红!

二

旗袍荡漾万花开,蕉岭大姐胜奇葩。
满面春风微微笑,心中快乐赛鲜花!

三

不知阿姐哪里来,宴会悠然玩自拍。
台上丽人旗袍秀,君如玫瑰独自开!

四

欢声笑语宴中来,台上旗袍花盛开。
君如蓝玫独观赏,仿如天外下凡来。

注:2016年11月18日大型旗袍秀盛宴于梅城举办,盛况空前。蕉岭县被称为"世界长寿之乡"。

城乡·采风

一、无题

回眸溪畔独吟诗,长叹冷暖不尽时。
清梦飞来龙门调,只为闹市秀一枝!

二、清明·梅城老街

清明时节草青青,嫩叶新蕾雨初晴。
糯米青粄当街卖,百草摊上是谁吟?

三、旧宅墙上霸王花

旧宅墙上霸王花,往事悠悠夕阳斜。
一只蜜蜂趴瓣上,低吟浅唱颂奇葩!

四、创意时空展新枝
——题客天下景点

云卷云舒心自飞,流芳春夏会哪题?
灵山秀水连天碧,创意时空展新枝!

五、美丽乡村诗悠悠
——题南下村农家小院

农家小院绿油油,树下读书好自修。
美丽乡村休闲地,品读冬夏又春秋。

六、诗意栖居
——题南下村

东水西流见此村,游子奇事独相闻。
绿树青山绕盆地,诗意栖居人自尊。

平凡庐·采风

平凡庐内不平凡,诗意书香皆自然。
细品碑林藏古韵,乡风典范在其间。

迁徙难忘故里山,才子商旅衣锦还。
人杰游子凭文化,传统风范又当先。

长寿梅州·采风

又见梅马

亲梅逐马又欢腾,长寿梅州艳阳天。
万人奔上美景路①,城里乡镇一线牵。

江畔友人

人生莫道已初冬,归读园中叶未红。
江畔相约展太极②,如流矫健若仙翁。

注:①2018年以来梅州连续两年举行世界客都长寿梅州马拉松赛,比赛途中会经过不少梅县著名景点,赛道被称为"最美赛道",梅州的9—11月份为最佳出游时间。②太极拳运动在梅州颇受欢迎。

石扇·山里人家

——2020 年劳动节三坑村采风

车行山路到村洼,石径道前是农家。
高寨悠然跨三县,天然一座大氧吧!

古屋别墅两奇葩,闹市发财润老家。
狗吠鸡鸣人迹少,蝉鸣鸟唱赞山花。

注:梅州市梅县区石扇镇三坑村北邻蕉岭,西望平远,高寨是三坑村村内的小山村。

石扇·罗芳伯故居

印尼岛国创传奇,演绎共和天下知。
故事流传东南亚,回归神韵祖居里。

墙内花开飘万里,天涯海角著神奇。
侨领故事成文化,堂前飞燕亦吟诗。

注:据资料记载,梅县石扇籍侨领罗芳伯曾在婆罗洲成立亚洲第一个民主共和国——兰芳共和国,影响深远。

文艺交流　共谋发展

文艺交流亦采风[①]，高原筑就盼奇峰。
历代文丛藏典范，客家才俊自古红。

文体亮翅展雄风[②]，站在高原望高峰。
当代文武谁典范？客家企盼造英雄。

注：①2020年初夏，梅州市梅县区文学艺术界联合会组织文艺家前往兴宁市举行文艺交流活动。②梅州是足球之乡，曾走出被称为"世界球王"的李惠堂；五华奥林匹克体育中心于2019年在球王故乡五华县建成，其体育场风格独特，形如一对环抱的羽翼，成为一大亮点。

文学·作家·连心桥

一

文学原是一座桥,架在心湖人自骄。
莫道天涯人寂寞,家乡诗意醉红桃。

二

客家才俊乐悠悠,一片乡愁系心头。
诗韵远方流千古,君将村景挂新楼。

附录

我的"诗与远方"

一

中国悄然走进社会主义新时代。新时代新征程，乡村振兴、科技创新的号角已吹响。曾经以耕读生活为主的我的家乡梅州，企业科技园项目、集约农业如雨后春笋生机蓬勃。随着城乡精神文明、物质文明的发展与融合，人们对文艺精品也充满了期待。

我来自有着优秀文化的梅县，早在1971年我就参加了城里的文艺创作会，改革开放后通过自考获得了中山大学的文凭，后来加入了广东省作家协会。文学虽为业余爱好，却伴随我走过了几十年，其间有苦有乐，冷暖自知。

因前辈的游说，2012年我从市企业退出来后又挑起梅县作协的担子。而巧妇难为无米之炊，我只好自垫3万元筹备注册。梅县虽历代名家辈出，如今好作品却寥寥无几，很久没有精品著作问世了。人才短缺问题仿若横在面前的一道鸿沟。形势紧迫，何以服人？于是我从零开始，寻经费、设园地、鼓励写作。

次年秋作协注册以后，我自筹经费创办了《客都文学》杂志。

这本寄托着希望、意义重大的内刊催人奋起，组稿、编辑、辅导，我仿若天空飞翔的鸟儿停不下来。晚上，我在电脑前一坐就到了深夜。家里女人已经睡了一觉，在书房门上"笃笃笃"地敲，讥讽道："几点了？返老还童了吗？自以为年轻吗！"我赶快关电脑，却仍带着思考上床，嘴里还嘀咕："心理年轻！身体好就是年轻！"

真是"苍天不负苦心人"。2014年11月，我在参加广东作协会议时，组联部郑主任见了我的长篇小说稿子，默默地拿起电话打给花城出版社的詹社长，然后两人笑着相约明天报到处见面。于是，花城出版社对我的小说提出修改意见并决定接稿出版。

截至2015年冬，《客都文学》已发行了6期，全部采用免费送阅的模式。这时，我的长篇小说《客家寻梦》出版了。历时数年的业余创作终获成功，它被摆上了省作协的展示厅，打破了梅县当代长篇小说"零"的局面，填补了梅州市长篇职场小说市场的空白，很快在新华书店发行，在梅城畅销。

文学创作枯燥而辛苦，我却通过创作，看见了诗意盎然的远方。

二

深入生活，以优秀作品鼓舞人，一直是我的创作目标。然而，发展文学岂能闭门造车？恰巧得益于我企业老板的经历、智慧及采风、采访，我得以将社会生活、乡村情景、创新创业及发展特色以图文并茂的文学形式反映出来，还得到了多方面的支持和帮助。至2022年春，我送出的书籍价值已高达百万，人们的欢迎成了我最大的精神慰藉。

文学是有其软实力的。2017年秋，我策划推进的"寻找程江源"活动在两省三县产生了深刻的影响。我们联合梅州平远县、江西省寻乌县的 10 余位作家,来到寻乌丹溪的大山深处采风考察。我们冒着酷暑,汗流浃背,拨开锋利的芒草走在羊肠山路上,终于来到程江源头。我们对当地提出一系列保护及利用水源的建议,然后沿河往回走。当我再次组织采风团对程江河沿岸的乡村进行实地考察时,欣喜地发现沿河的环境保护牌焕然一新了。接着,我们考察了梅县新城境内的河岸景观提升工程。我把活动的情景记录下来,刊登于《客都文学》。古老母亲河沿岸是著名的客家原乡,程江小平原蝶变,梅县新城崛起的情景,牵动着海内外游子的浓重乡愁。

几年来,我参加了 5 次中国作家协会、广东省作家协会的基层文学业务骨干培训或采风。省作协的采风其实是对作家作品的检阅,让我没想到的是,省作协两次采风都选中了我的作品。一次是采风团走进梅州,从大埔县、梅县松口一直走到平远县,我的诗歌《美丽乡村大埔行》《在松口国际移民广场流连》《走进平远相思谷》等,被刊登在省作协《新世纪文坛》等报刊。第二次是省作协邀请我至粤北采风,我的采风散文居然被登于《新世纪文坛》报采风专版卷首。接着,粤北方面把采风作品选集成书,我的散文诗歌皆有幸入选。2018 年春节,他们寄来 3000 元奖金。

我品味着文学的心灵鸡汤。2019 年 4 月,我的散文集《乡村记事》在江苏凤凰文艺出版社出版。这本书带着厚重的客家情怀,带着曾经艰苦的山村生活的记忆,带着我的感恩与怀念,带着抛砖引玉的意念。因此,我策划了梅县作家协会注册 6 周年纪念大会暨新书首发仪式,并对 12 个单位及 70 余位与会者现场赠书。接着,9 月 29 日,在广东省精神文明建设指导委员会办公室、省文联、省作协、省电视台等为庆祝新中国成立 70 周年联合举办的"岭南童谣节"里,由我作词的童谣节目荣获特等奖。从广州回来的路上,又传来喜讯,我们作协送去参与本地宣传部为庆祝新中国成立 70 周年组织的征文大赛的多篇作品获奖，其中我的散文《从穷乡僻壤到客都明珠的美丽传奇》获一等奖。次年 6 月，我凭《乡村记事》荣获梅州市文联的"文艺双精奖"。

我的第三本书是诗歌选集。2021 年仲夏，我偶见中国散文网主办的"第八届中外诗歌散文邀请赛"，按要求发出两首现代诗作为试水，没想到两首皆入选"当代精美诗歌"，其中《红梅姑娘》居然荣获一等奖。这两首诗皆为乡村振兴题材，而且韵味十足，特色鲜明。

文学仿若一杯清香的甘茶，给我以心灵慰藉，伴随着我悠然走向远方……

三

我总记着 2019 年 11 月底参加"2019 年厦门市基层群众文学骨干培训班"的情景。是的，作家应记住"作家以作品说话""以优秀作品鼓舞人"的深刻含义，努力打造以人民为中心的文学精品，创造文艺高原、高峰。2022 年 1 月，《客都文学》全部改版，我在《客都文学》开设了"文学幼苗"专栏，着力培养基层优秀人才，盼着这些在我心尖上的花蕾早日绽放，成为新一代的文学精英，成为祖国的新型作家。

讲好中国故事，也讲好自己的故事。曾经的苦难仍在心头，我却从贫困山村来到城市生活，这源自生活的故事实在是蛮生动的。但愿我心中的诗情画意伴随着美丽的人生梦想，伴随着新时代中国梦向美丽的远方走去……

黄育培
2022 年春

童真童趣　寓教于乐
——童谣《美丽乡村是我家》创作谈

童谣是中华民族启蒙教育的传统文艺形式之一，亦是客家人千年大迁徙以来的传统启蒙教育方式，因充满童趣、生活气息浓郁，为人民群众喜闻乐见。童谣也是各国寓教于乐、启蒙教育的方式。

2019年9月29日，在广州举行的"岭南童谣节"里，由我作词、黄生谋谱曲、梅州市梅县区程江镇中心小学师生演唱的客家童谣《美丽乡村是我家》荣获特等奖。这次大赛是为庆祝新中国成立70周年而举办的大型活动。这个原创童谣经此比赛脱颖而出，由市文明办推送到省上。它以"从小有个中国梦，长大建设新中华"为主题和立意，讲述了美丽乡村的生动情景——以小河两岸村庄的美景，屋前屋后池塘、鸡鸭、果树、立体田园等新农村兴旺景象，以及美丽乡村建设工程带来的新农村新事物如清洁车、农家书屋、大妈月下跳舞健身等为素材，通过又念又唱的儿童歌舞表演形式，在儿童的心灵世界里构建了一幅幅美丽的新农村情景，从而激发幼小心灵"长大建设新中华"的信念。歌词带着浓郁的生活气息，风趣幽默，为小朋友带来乐趣。

童谣是音乐的邮票。《美丽乡村是我家》起、承、转、合的谱曲技巧，起到了出乎意料的效果，音乐节奏鲜明、曲调清新、朗朗上口，巧妙地与词相结合，采用充满童真童趣、生动活泼的音乐语汇，使小朋友易演易唱，而且易为人们牢记心中、易于传唱。

童谣《美丽乡村是我家》的表演团队为梅县区程江镇中心小学的师生。学校领导一直非常重视排练，同时，候惠老师等人精益求精，从舞台美术到表演者与背景画面的配合，反复调整，不断优化，每一个细节都浸润着集体努力的汗水。

童趣带给人欢乐，因而优秀童谣为人们喜闻乐见，牢记终生，甚至代代相传，尤其在海内外游子们心中化作浓郁的乡愁。《美丽乡村是我家》的词曲作者、表演指导老师都是唱着客家童谣长大的客家人，创作当代优秀童谣是他们心中共同的愿望。因此，认识不久的词曲作者等人一拍即合，创作了这个荣获省级特等奖的童谣作品。

可见，童谣作品的主题立意与内容贴近生活何其重要。而且，童真童趣与浓郁的生活气息正是我们所追求的，也是外出游子心里永远怀念的。

后　记

　　诗歌来自生活，反映社会生活，是文学长河中闪亮的明灯。诗歌是一种抒情言志、凝练生动、意境深远、具有节奏和韵律的文学体裁。优秀的诗歌贴近生活，带给人舒心愉悦的感受、起到慰藉心灵的作用，是古今中外人们喜闻乐见的文艺作品。

　　《客都风情》是记录了我从乡村到城市历程的诗歌选集，包含了现代诗、民歌、采风诗画等，题材广泛、内容丰富。本书带着淳朴的思想感情，带着启迪心灵的愿景，带着家乡游子的乡愁，带着自然纯真的童真童趣，客家风情浓郁。书中作品源于生活而高于生活，有的曾在省、市级报刊发表，有的曾被谱为歌曲而且荣获省、市级大赛奖，还有的曾荣登广播电视、节日舞台。

　　我是广东省梅州市梅县区客家人，孩提时期父母出国谋生，我便跟随祖父母艰难生活。我曾经于老家种田、独自过日子；"文革"时曾因发表诗歌被政府文化部门召到城里参加创作会；在改革开放大潮中，我曾在中学教书，然后进城于企业任职，传奇般成为大企业总经理；也曾经退而不休成为基层作协主席，出版了长篇小说、散文集。我从苦难中走来，带着故事与传奇，带着多姿多彩的人生画卷，我将它们都藏在了诗歌里。

梅州一直是优秀文化之乡、山歌之乡、华侨之乡，来自梅州的国内外游子是原乡居民的数倍。逢年过节，游子们带着孩子回乡探亲访友、游玩观光、品尝美食、欣赏文艺，其乐融融。家乡的美丽山水、风土人情、亲切歌谣，化作了游子们心中永远的乡愁。品读、珍藏优秀诗歌，也是一种生活情趣。

21世纪以来，随着中国的社会巨变，客家原乡也变得越来越美。在科技创新、乡村振兴、全面小康的社会里，经历了20年的变迁，美丽的梅县新城在贫瘠的程江平原崛起，成为现代新城建设的奇葩。客家人一边打造现代农业，一边发展工业科技园，一边走向科技创新、文化自信。梅州历来是福地，近几年来梅州创新发展，喜获"世界长寿之都""铜箔之都"新名片；客家米、嘉应茶、梅州柚、家乡水、农家菜等成为粤港澳大湾区的后花园特产。

没有优秀文化的社会几乎行不通走不远。歌谣不仅有娱乐作用，更能深入人心，鼓舞士气，出现在朝代更迭或重大历史转折事件及典故里。古代楚汉相争时的"四面楚歌"是典型，当代抗美援朝战争志愿军唱着"雄赳赳、气昂昂，跨过鸭绿江"，走向战场打败强敌更是时代典型。

值得欣喜的是，本书收录的《村里有条清水河》《望见阿妹在花丛》《美丽乡村是我家》等民歌曾于省级比赛荣获歌曲作品奖，甚至特等奖。为国家、为社会贡献微薄之力，于我而言是一种欣慰。2021年仲夏的组稿期间，我偶见中国散文网举办的第八届中外诗歌散文邀请赛，不经意地将诗稿《红梅姑娘》《双喜临门》发去，没想到两首皆入选"当代精美诗歌"，《红梅姑娘》居然荣获一等奖！（作品编号为5560，至少是从几千首诗歌中脱颖而出吧）颁奖大会设在美丽的贵州省贵阳市，可惜我因自身原因未能成行。

后记

  日月在天,世事如棋。但愿本书诗韵流芳,带给诸君心灵的愉悦,带给远方游子家乡的慰藉,带给孩子们童真童趣的快乐。但愿本书能在您旅游阅读、品茶休闲之时,为您带来曼妙书香,带来知识、情趣和快乐。

  本书的出版得到了本市政府部门和各界企业精英、有识之士的热情资助,特鸣谢如下:

梅州市梅县区人民代表大会常务委员会办公室
中国人民政治协商会议广东省梅州市委员会办公室
中共梅州市梅县区委组织部办公室
梅州市梅县区文化广电旅游局办公室
梅州市梅县区融媒体中心办公室
梅州市梅县区南口镇人民政府办公室
梅州高新技术产业开发区梅县(扶大)园区管委会办公室
梅州市梅县区程江镇人民政府办公室
梅州市梅县区城东镇人民政府办公室
深圳顺意环境产业有限公司
梅州市中山大学梅州学友会(自考)肖中平先生
梅州市勇兴集团有限公司总经理黄森勇先生
梅州天秀酒店有限公司董事长邹信昌先生
深圳龙华中学退休老师黄义祥先生

黄育培
2022 年 2 月